내안에 몬스터 있다

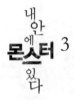

몬스터 3

내 안에 있다

형상준 현대 판타지 장편소설

초판 1쇄 찍은 날 | 2016년 11월 18일
초판 1쇄 펴낸 날 | 2016년 11월 25일

지은이 | 형상준
펴낸이 | 예경원

기획 | (주)위시북스
편집책임 | 박우진
편집 | 이즈플러스

펴낸곳 | 예원북스
등록번호 | 제396-2012-000132호
등록일자 | 2012. 7. 25
KFN | 제1-044호

주소 | 경기도 고양시 일산동구 호수로 646-24 위너스21 II 빌딩 206A호 (우)10401
전화 | 031-819-9431 팩스 | 031-817-9432
E-mail | yewonbooks@naver.com

ISBN 979-11-5845-363-3 04810
       979-11-5845-442-5 (set)

내안에 몬스터 있다

형상준 현대 판타지 장편소설

3

WISHBOOKS MODERN FANTASY STORY

Wish Books

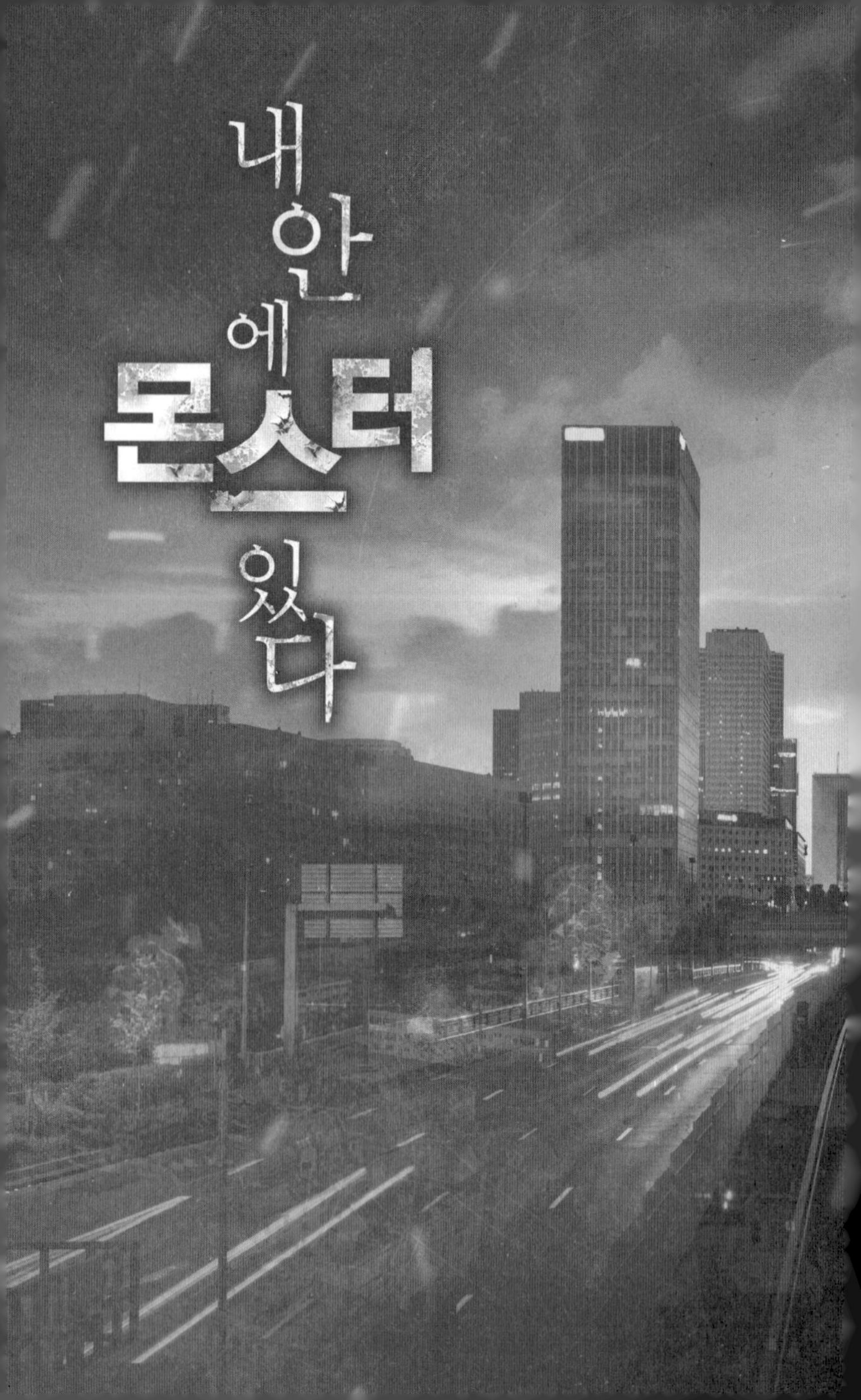
내 안에 몬스터 있다

CONTENTS

1장
귀신 나오는 땅

　게이트에 대한 몰랐던 사실에 김호철이 의아한 얼굴로 박천수를 바라보았다. 알고 있었냐는 시선으로 말이다.

　그 시선에 박천수가 고개를 끄덕였다. 자신만 몰랐던 사실임을 안 김호철이 조한석을 바라보았다.

　"그럼 그 다른 차원은 어떤 것입니까?"

　"그건 아직 밝혀지지 않았습니다."

　"게이트가 열리고 이십 년이 지났는데?"

　이십 년이면 강산이 변해도 두 번은 바뀔 시간이다. 그런 김호철의 의문에 조한석이 말했다.

　"게이트가 열리고 난 이후 그동안 많은 국가와 능력자들이 게이트 너머 세상을 알아내기 위해 수많은 노력을 했습니다.

그리고 많은 희생이 있었습니다."

"희생?"

"게이트를 통해 사라진 능력자와 군인들…… 그 누구도 다시 돌아온 사람은 없었습니다."

"사라져요?"

김호철의 말에 박천수가 고개를 끄덕이고는 조한석을 바라보았다.

"돌아온 사람이 없으니 그들이 어떻게 됐는지는 아무도 모르지. 그럼 일단은 죽었다 봐야 하지 않을까?"

박천수의 말에 조한석이 그와 자신을 보고 있는 행복 사무소 직원들을 보다가 입을 열었다.

"지금부터 제가 보여드릴 것이 있습니다."

"뭔데?"

"그리고 제가 보여드린 것을 남에게 발설해서는 안 됩니다."

진지한 조한석의 말에 마리아가 바에서 밖으로 나왔다.

"그 말은 저희 사무소 직원들에게도 안 된다는 건가요?"

마리아의 굳은 목소리에 조한석이 그녀를 보다가 고개를 끄덕였다.

"여기에 있는 분들 외에는 다른 사람에게 말을 하시면 안 됩니다."

조한석의 말에 박천수가 웃었다.

"뭐 그리 대단한 것이라고 그리 비밀 주의야? 일단 보고 이야기하면 안 되나?"

"약속을 해주셔야 합니다."

조한석의 말에 박천수가 고개를 끄덕였다.

"알았어. 일단 보자고."

박천수의 말에 마리아가 급히 그를 바라보았다.

"뭔지도 모르는데……."

그런 약속을 함부로 하냐는 힐난에 박천수가 웃었다.

"그러니까 봐야지. 협회에서 이렇게 숨기고 있는 정보…… 궁금하지 않아?"

"그건 그렇지만……."

"일단 보자고."

그러고는 어서 보이라는 듯 손을 흔드는 박천수를 보며 조한석이 뒤로 손을 내밀었다.

뒤에 서 있던 사내가 가방에서 태블릿을 꺼내 주자 조한석이 그것을 바 위에 세워 놓았다.

그리고 손가락으로 화면을 누르자 동영상이 플레이되기 시작했다.

동영상에는 밝은 빛과 노이즈가 가득했다.

[치치치칙! 치치칙!]

잠시 기다리자 사람 목소리가 들리기 시작했다.

[크으윽! 마나가…….]

한 남성의 고통에 찬 음성과 함께 순간 화면이 바뀌었다. 하지만 동영상은 거기서 끝이었다.

뭔가 나타났다 싶은 순간 바로 하얀 화면으로 바뀌어버린 것이다.

"이게?"

뭐냐는 듯 바라보는 김호철을 보며 조한석이 동영상 마지막 장면을 틀고는 멈췄다.

"이건…… 숲?"

동영상 마지막 프레임에는 숲으로 보이는 풍경이 있었다.

김호철의 중얼거림에 박천수와 마리아들도 모니터에 얼굴을 가까이 가져갔다.

"숲이네."

"그러게…….""

"그럼 게이트 너머에 숲이 있다는 거야?"

행복 사무소 직원들의 수군거림을 들으며 조한석이 입을

열었다.

"저희가 연구한 결과, 게이트가 열려 있다면 그쪽과 이쪽의 통신이 가능합니다."

"문제는 그 시간이 너무 짧은 거군요."

김호철의 중얼거림에 조한석이 그를 바라보았다. 그 시선을 받으며 김호철이 말했다.

"일부러 자른 게 아니라면, 이 짧은 프레임 하나가 그쪽에서 보내온 데이터의 전부겠네요."

김호철의 시선에 조한석이 고개를 끄덕였다.

"맞습니다."

조한석이 몇 개의 사진을 모니터에 띄웠다.

"저희가 얻은 것은 그 외에도……."

사진들을 보던 박천수가 놀라 손가락을 가리켰다.

"사람이다!"

박천수의 말에 김호철이 모니터를 바라보았다. 모니터에는 희미하지만 사람의 모습이 찍혀 있었다. 초점이 흔들려 희미하고 선명하지 않았지만 분명 사람이었다.

사람들이 놀라 모니터를 보고 있을 때 조한석이 고개를 끄덕였다.

"맞습니다. 게이트 너머에 사람이 존재합니다."

게이트 너머에 사람이 존재한다는 조한석의 말에 김호철

이 그를 보다가 입을 열었다.

"그건…… 당연한 것 아닙니까?"

자신의 말을 아무렇지 않게 받아들이는, 아니, 당연하다는 듯 말하는 김호철을 조한석이 바라보았다.

"당연?"

그리고 그것은 행복 사무소 직원들도 마찬가지였다. 게이트와 관련된 일을 많이 한 그들도 게이트 너머에 사람이 살 것이란 생각을 하지 못했다. 그곳에서 넘어온 놈은 모두 몬스터로 분리되는 외형뿐이었으니 말이다. 그런데 김호철은 당연하다 말을 한 것이다.

그런 사람들의 시선을 받으며 김호철이 입을 열었다.

"데스 나이트."

김호철의 부름에 데스 나이트가 모습을 나타냈다.

파지직! 파지직!

뇌전과 함께 나타나는 데스 나이트의 모습에 조한석의 얼굴에 감탄이 어렸다. 김호철이 데스 나이트를 소환할 수 있다는 것은 알고 있었지만 실제로 자신의 눈으로 보는 것은 처음인 것이다.

그런 조한석을 보며 김호철이 말했다.

"판타지 소설이나 유럽 쪽 전설을 보면 긍지 높은 기사가 타락하고 죽거나 하지 못한 일이 한이 되었을 때 언데드로

부활한게 바로 데스 나이트입니다."

데스 나이트를 홀린 듯이 보고 있던 조한석의 시선이 김호철을 바라보았다.

그런 조한석의 시선을 받으며 김호철이 말했다.

"데스 나이트가 온 곳이 게이트 너머입니다. 그 말은 게이트 너머에 사람이 살고 있다는 것이고, 기사가 있다면 그가 모시는 왕이 있다 생각을 해야 하지 않겠습니까. 게다가 왕이 있다면 그가 다스리는 국가도 있을 테고요."

김호철의 말에 데스 나이트를 보던 조한석이 문득 김호철을 바라보았다.

"방금 전에 데스 나이트가 온 곳이 게이트 너머라고 하셨습니까?"

"그렇습니다."

"그럼…… 김호철 씨는 게이트를 통해 온 몬스터들을 부리고 있는 것입니까?"

조한석의 말에 김호철은 아차 싶었다. 굳이 하지 않아도 될 말을 해버린 것이다.

하지만 그것도 잠시, 김호철이 고개를 끄덕였다.

"게이트에서 나온 마나석을 통해 몬스터를 소환합니다."

"아……."

물론 이것은 사실이지만 반만 사실이다. 김호철이 마나석을 통해 몬스터를 소환하는 것은 맞지만, 그것은 어디까지나 처음뿐이다. 그 후에는 마나석을 먹지 않아도 되니 말이다.

하지만 듣는 입장에서는 '마나석이 있어야 몬스터를 소환할 수 있다'로 해석될 수도 있었다.

그러니 만약 이 정보를 통해 누군가 김호철을 해칠 계획을 세운다면, 먼저 그의 손에서 마나석을 빼앗아 무력화시키려 할 것이다. 쓸데없는 일인지도 모르고 말이다. 이처럼 잘못된 정보는 김호철 자신을 지키는 수단이 될 수도 있다.

또한 누군가 김호철처럼 마나석을 먹고 몬스터 소환을 시도한다면 그것은 바보 같은 짓이 될 것이다.

김호철은 마나석을 먹는다고 아무나 몬스터를 소환할 수 있게 되는 것이 아닐 거라고 생각했다. 마나석을 먹는다고 몬스터를 다 소환할 수 있다면 건강식으로 마나석을 챙겨 먹는다는 부자들 중 몬스터 소환사가 나타났을 것이니 말이다.

그리고 소양강 게이트 후 박천수도 마나석을 몇 개 집어먹고 심한 변비를 겪지 않았던가.

그나마 돈이 아까워 작은 것으로 먹었기에 다 똥으로 나와 다행이었지 나오지 않았으면 병원에서 수술을 받아야 했을 것이다.

김호철은 그에 대한 이야기를 굳이 속이지 않았다. 게다가 이미 입 밖으로 나온 말이기도 하고.

김호철의 말에 조한석이 데스 나이트를 바라보았다.

"게이트 너머에 사람이, 그것도 문명화된 인류가 살고 있다는 증거가 바로 이 데스 나이트로군."

조한석의 말에 고개를 끄덕인 김호철이 데스 나이트를 자신의 몸으로 흡수하고는 말했다.

"그런데 그쪽 계산에 위험하지 않다는 것은 어째서입니까? 제가 몬스터를 소환하는 것과 관계가 있습니까?"

김호철의 물음에 조한석이 고개를 끄덕였다.

"사람이 위험해서 안 되니 김호철 씨의 몬스터를 게이트 너머로 보내려 합니다."

조한석의 말에 김호철이 잠시 생각을 하다가 말했다.

"제가 알기로 저 말고 몬스터를 소환할 수 있는 사람이 있는 것으로 아는데요. 왜 그들에게 의뢰하지 않고 저 같은 초보 헌터에게 의뢰를 하시는 것입니까?"

김호철의 말에 조한석이 뭐 속이는 것 없나 유심히 그 얼굴을 보던 박천수가 말했다.

"후! 이거 상황을 보니 우리 호철이가 마지막인가 보군."

박천수의 말에 김호철이 눈을 찡그렸다. 그 말이 무엇을 의미하는지 깨달은 것이다.

"이미 다른 분들이 몬스터를 보냈군요. 그리고……."

잠시 말을 멈춘 김호철이 조한석을 보며 말을 이었다.

"그 몬스터들은 돌아오지 못했군요."

김호철의 말에 조한석이 그를 보다가 고개를 끄덕였다.

"……네, 그렇습니다."

"일단 사실대로 말해주셔서 감사합니다."

김호철이 조금은 호의적인 말에 조한석이 안도의 한숨을 쉬었다. 하지만 김호철의 말은 끝난 것은 아니었다.

"이번 의뢰는 못 받겠습니다."

"김호철 씨가 위험해지는 것이 아닙니다. 그리고 몬스터가 못 돌아오게 된다면 그에 대한 보상을 충분히 지급하겠습니다. 아니, 몬스터를 소환하는 데 마나석이 필요하다 했으니 그 마나석을 저희가 보장해 드리겠습니다."

조한석의 말에 김호철이 고개를 저었다. 마나석이 문제가 아니다. 문제는 몬스터가 돌아오지 못한다는 것이다.

김호철이 데리고 있는 몬스터의 수가 꽤 되니 그중 하나를 보내볼 수도 있겠지만 김호철은 그러고 싶지 않았다. 몬스터들을 험하게 굴리기는 하지만 그렇다고 돌아오지 못할 곳에 버리고 싶지는 않은 것이다.

김호철의 거절에 잠시 그를 보던 조한석이 고개를 끄덕였다.

"알겠습니다. 하지만 이것만은 알아주십시오."

진중하게 입을 여는 조한석을 김호철이 보자 그가 입을 열었다.

"해가 갈수록 게이트가 열리는 횟수가 늘어나고 그곳을 통해 나오는 몬스터의 수가 많아지고 있습니다. 시간이 더 지나면 게이트가 어떻게 될지 그 누구도 알지 못합니다. 혹시라도 게이트가 영구적으로 연결이라도 된다면…….."

어찌 될지 생각을 해보라는 조한석의 시선에 김호철은 말을 하지 않았다.

'끔찍하겠지.'

일시적으로 연결된 것만으로 몬스터 수백 마리가 튀쳐나오고 있다. 그런데 그런 게이트가 영구적으로 연결이 된다면……

핵을 떨구지 않는 이상 몬스터 천지가 되어버릴 것이다.

그런 김호철을 보며 조한석이 말을 이었다.

"게이트를 조사하는 것은 한 개인이나 집단의 이익을 위해서가 아닙니다. 전 세계를 위해 힘을 가진 이들이 앞장서서 해나가야 할 일입니다."

조한석의 말에 김호철은 그저 고개를 저을 뿐이었다.

'세계 평화?'

김호철에게는 너무 먼 이야기일 뿐이었다.

"제가 동생을 찾고 있다는 건 알고 계신가요?"

"네, 알고 있습니다."

"세계 평화는 솔직히 잘 모르겠습니다. 제가 아는 것은 제

동생 찾을 때까지 죽기 싫다는 것이고 제 몬스터들은 저를 지켜주는 동료라는 것입니다."

잠시 말을 멈춘 김호철이 입을 열었다.

"저에게 보상을 말씀하셨는데…… 제 동생을 데려오십시오. 그러면 제 몬스터들을 게이트가 아니라 더 험한 곳에도 보내겠습니다."

물론 어디까지나 자신에게 위험이 닥치지 않는 선에서다. 동생을 찾았으면 행복하게 살아야지 그 아이를 두고 위험한 일을 할 생각은 없었다.

김호철의 말에 조한석은 희망이 있다 여겼는지 급히 말했다.

"그럼 저희 협회에서 김호철 씨의 동생분을 찾는 데 집중을 할 테니 일단 게이트 조사에 협조를……."

"동생을 찾기 전에는 할 생각이 없습니다. 결과를 주시면 저 역시 결과로 답하겠습니다."

김호철의 말에 조한석이 그를 보다가 고개를 끄덕였다.

"알겠습니다. 혹시라도 생각이 바뀌시면 언제든지 연락해 주십시오."

딸랑!

문을 열고 나가는 조한석을 보던 박천수가 김호철의 어깨를 손으로 두들겼다.

"잘 생각했어. 세계 평화야 윗대가리들이 먼저 나서서 해결해야지. 평소에는 지들 누릴 것 다 누리면서 이럴 때만 힘을 합쳐야 한다지."

박천수의 말에 고윤희도 고개를 끄덕였다.

"게이트 너머로 세계 평화 좋아하는 국회의원들이나 다 보내 버렸으면 좋겠다."

고윤희의 농에 웃은 김호철이 말했다.

"게이트 너머에 정말 뭐가 있을까요?"

김호철의 말에 박천수가 고개를 저었다.

"그걸 알면 조 선비가 너를 찾아왔겠냐?"

"후! 그것도 그렇군요."

"쓸데없는 생각하지 말고 너는 돈이나 많이 벌어서 동생 찾아 호강할 생각이나 해."

박천수의 말에 김호철이 고개를 끄덕였다.

"그럴 겁니다."

지금 김호철의 머릿속에는 세계 평화라는 거창한 계획은 없었다. 오직 동생을 찾아 행복하게 살고 싶다는 생각 단 하나뿐이었다.

문득 김호철은 집을 지어야겠다고 생각했다.

남이 살던 집은 싫다. 새로운 집에서, 자신이 만든 집에서 혜원이와 함께 살고 싶다는 생각이 들었다.

김호철은 경기도의 한 교외에서 땅을 보고 있었다. 땅을 볼 줄은 몰랐지만 김호철은 주위 경관이 마음에 들었다. 저수지가 가까이 있어 경치가 시원했다. 게다가 뒤로는 산도 자리하고 있었다.

교외로 땅을 보러 온 이유는 혜원이를 찾으면 같이 살 집을 지을 곳을 찾아보기 위해서였다.

'혜원이와 찾으면 여기서 살면 좋겠구나.'

2층짜리 집을 지어서 1층에는 자기가 살고 2층에는 혜원이의 공간을 만들어주면 좋겠다는 생각이 들었다.

머릿속에 동생과 행복하게 살 집을 구상하던 김호철이 눈을 찡그렸다. 옆에서 괴성이 들려온 것이다.

"이야! 좋다. 야호!"

저수지를 향해 소리를 지르는 고윤희의 모습에 김호철이 한숨을 쉬며 고개를 저었다. 경기도로 땅 구경하러 간다고 하니 고윤희가 심심하다고 따라온 것이다.

'그냥 두고 오는 거였는데…….'

속으로 중얼거린 김호철이 고개를 저었다.

"야호는 산에서 하셔야죠."

"뭐 어때."

그러고는 고윤희가 저수지를 향해 크게 소리쳤다.

"야호!"

그런 고윤희의 모습을 잠시 보던 김호철이 미소를 지었다. 따지고 본다면 고윤희의 나이가 스물셋이니 동생인 혜원이 또래였다.

고윤희가 이곳을 이렇게 마음에 들어 한다면 혜원이도 마음에 들어 할 것 같았다.

고윤희를 보며 미소를 짓는 김호철의 모습에 땅을 보여주기 위해 같이 온 부동산 직원이 웃었다.

"애인분이 이곳을 좋아하셔서 다행입니다."

직원의 말에 김호철이 눈을 찡그리며 고개를 저었다.

"애인 아닙니다."

"에이!"

웃으며 무슨 소리냐는 듯 바라보는 직원을 보며 김호철이 고개를 젓고는 말했다.

"경치가 좋군요."

"경치 좋은 곳으로 보여 달라고 하셨으니 당연한 것 아니겠습니까."

웃으며 직원이 땅을 손으로 가리켰다.

"여기서부터 저기 펜션까지가 매물입니다."

직원의 말에 김호철이 펜션을 바라보았다. 3층으로 된 펜션이었는데 오랫동안 영업을 하지 않았는지 건물이 많이 낡아 있었다.

"저 펜션은?"

김호철의 말에 직원의 눈빛이 순간 흔들렸다. 하지만 그것도 잠시 직원이 웃으며 말했다.

"예전 은퇴를 하신 분들이 너도나도 할 것 없이 경치 좋은 곳에 펜션을 짓고 귀농을 하셨잖습니까. 그때 지어진 건물인데 주인이 워낙에 장사 수완이 없으셨는지 망해 버렸습니다."

직원의 말에 경치를 구경하던 고윤희가 피식 웃었다.

"저 펜션이면 정주인 회장이 살아 돌아와도 망하겠구만."

고윤희의 말에 김호철이 그녀를 바라보았다.

"무슨 말입니까?"

"정주인 몰라?"

"H그룹 창업주 이름을 왜 모르겠습니까. 예전에 드라마로도 나왔는데. 제 말은 여기서 왜 그 이름이 나오느냐입니다."

김호철의 물음에 고윤희가 그를 바라보았다.

"아직 익숙하지 않아서 마나를 잘 못 느끼나 보네."

"마나?"

"언데드의 마나가 느껴져."

"언데드? 귀신을 말하는 겁니까?"

김호철의 말에 직원의 얼굴이 굳어졌다. 그런 직원을 슬쩍 본 고윤희가 펜션을 보며 팔짱을 꼈다.

"일반 몬스터는 몰라도 마나로 이뤄진 언데드 같은 경우 그 특유의 느낌이 있지. 펜션하고 여기 강 쪽에 그런 느낌이 많이 나는 것을 보니……."

잠시 말을 멈춘 고윤희가 웃으며 직원을 바라보았다.

"펜션하고 강 쪽에서 귀신 본 사람이 꽤 있죠?"

"그게……."

말을 하지 못하는 직원을 보며 고윤희가 말했다.

"우리 능력자예요."

"능, 능력자셨습니까?"

"귀신같은 거 안 무서워하니까 말해봐요."

고윤희의 말에 직원이 한숨을 쉬고는 김호철의 눈치를 보다가 말했다.

"사실…… 귀신이 나와서 펜션이 망한 것입니다. 말씀을 드리려고 했는데 여자분이 먼저 말을 하셔서……."

변명을 하는 직원을 보며 김호철이 눈을 찡그렸다.

"그럼 귀신 들린 집을 나에게 팔려고 한 겁니까? 이런 것은 미리 말해야 하는 것 아닙니까?"

"그게…… 요즘은 귀신을 봤다는 이야기도 없고, 기가 약한 사람들이나 헛것을 보고 귀신이라 여기는 것이지 요즘 세상에…….."

"게이트에서 몬스터가 튀어나오는 요즘 세상이니 귀신도 신빙성이 있지 않습니까?"

게이트에서 실제 언데드 몬스터인 좀비나 유령과 같은 것이 튀어나온다. 그러니 옛말에 귀신은 기가 약한 사람이나 본다는 말은 틀린 소리인 것이다.

김호철이 기분 나빠 하는 것에 직원이 슬며시 고개를 숙였다. 하지만 그것도 잠시 직원이 고개를 번쩍 들고는 말했다.

"능력자시니 귀신을 직접 퇴치하시면 되지 않겠습니까."

말을 해보니 정말 일리가 있다 생각을 했는지 직원이 손뼉을 쳤다.

"이야! 이제 보니 이 땅의 주인은 딱! 김호철 씨로군요."

웃음까지 보이는 직원의 말에 고윤희가 웃으며 고개를 끄덕였다.

"귀신이라고 해도 언데드류의 유령이니 퇴치하는 건 문제가 아니지."

"맞습니다, 맞아요."

직원이 연신 맞다고 하는 말에 김호철이 펜션을 바라보았다.

"귀신이라……."

예전 같았으면 귀신이라는 말에 바로 소름이 돋았을 것이다. 하지만 지금이야 별로 겁이 나거나 하지 않았다.

보이기만 한다면 김호철의 뇌전 능력으로도 죽일 수 있을 것 같았다.

뇌전 능력이 언데드 계열에 즉효이니 말이다. 게다가 그가 데리고 있는 데스 나이트는 언데드 몬스터 중 최상위급이다. 소설 속에 등장하는 마왕이라도 나오지 않는 이상, 데스 나이트가 질 일은 없다.

생각을 해보니 확실히 문제될 것이 없었다. 귀신이야 쫓아내면 그뿐이니……

김호철의 얼굴을 살피던 직원이 입을 열었다.

"그래서……."

직원의 입을 고윤희가 입을 열어 막았다.

"중요한 건 호철이 눈에 여기가 마음에 드느냐인데. 어때, 마음에 들어?"

고윤희의 물음에 김호철이 주위를 바라보았다. 확실히 귀신 문제만 아니라면 좋은 경치였다.

'혜원이가 낚시를 좋아하면 낚시도 할 수 있고 산에 산책로도 나 있으니 산책하기도 좋고.'

저수지와 산을 번갈아 보던 김호철이 고개를 끄덕였다.

"마음에 듭니다."

김호철의 말에 고윤희가 고개를 끄덕이고는 직원을 바라보았다.

"그럼 가격 문제만 남았네요. 얼마예요?"

"8억 2천입니다."

"설마 저 펜션도 가격에 포함된 거예요?"

고윤희의 말에 직원이 고개를 끄덕였다.

"지금이야 저 모양이지만 귀신 잡아내고 내부 공사 좀 하시면 아주 번듯해질 것입니다."

직원의 말에 김호철이 고개를 저었다.

"남이 쓰던 집에서 살 생각은 없습니다. 펜션은 허물 겁니다."

"그게…… 땅이 저 펜션과 같이 나온 거라……. 그리고 펜션 값은 칠천도 채 되지 않습니다. 다 땅 가격입니다."

"귀신 나오는 펜션이 칠천이면 비싼 것 아닙니까?"

"그게…… 귀신이 나와서 칠천이지 펜션을 짓는 데만 삼억 이상 들었습니다."

말과 함께 직원이 지도를 꺼내 김호철에게 보여주었다.

"보시면 아시겠지만 대지가 상당합니다. 땅 공시지가만 칠억 이상인……."

"그거야 귀신 들리지 않은 땅일 경우 아닙니까?"

"그건……."

"펜션이 저 지경이 될 때까지 매매가 이뤄지지 않은 것을 보면 귀신 때문에 이 땅을 사려 한 사람이 없었던 것 같은데……. 그럼 제가 사지 않으면 이 땅은 여전히 묶여 있어야 하는 것 아닙니까?"

"지금 가격도 2억 이상 떨어진 가격입니다."

"시간이 지나면 더 떨어지겠네요."

김호철의 말에 직원의 얼굴이 굳어졌다.

"귀신만 퇴치하면……."

직원의 말에 김호철이 고윤희를 바라보았다.

"귀신 퇴치도 능력 사무소에서 합니까?"

"하지."

"그럼 의뢰 비용이 얼마나 됩니까?"

"흠…… 귀신의 수와 질에 따라 다르기는 하지만 1억 이상 할걸."

"1억?"

생각보다 액수가 적었다. 1억이라면…….

'1억이면 그냥 업체에 맡겨서 귀신을 퇴치하면 됐을 텐데 왜 안 한 거지?'

김호철이 그런 의문을 떠올릴 때 핸드폰을 보던 고윤희가 웃었다.

"이야…… 여기 유명하네."

"왜요?"

김호철의 물음에 고윤희가 핸드폰을 내밀었다. 핸드폰을 보니 능력자 협회 홈페이지였다.

"여기네요."

홈페이지에 올라와 있는 사진과 내용은 귀신 퇴치를 의뢰하는 글이었다.

"그래, 집값이 2억이 떨어질 정도면 1억에 귀신 퇴치를 했을 것 같아서 검색을 해보니 역시 여기 있네. 그런데…… 댓글을 봐."

고윤희의 말에 김호철이 댓글을 보았다.

─이놈의 집구석 또 나왔네. 척사 능력 있는 분들, 여기 힘듭니다. 아침에는 그나마 괜찮은데 저녁이 되면 물에 빠져 죽은 귀신부터 귀신에 홀려 죽은 귀신까지 열 개체 이상 나옵니다. 1억 2,000 받고 가서 하기에는 힘든 일입니다. 그리고 더 중요한 것은 한 번 퇴치해도 며칠 있으면 주인한테 또 연락 옵니다. 귀신이 다시 나타나니 다시 퇴치해 달라고…… 그것도 무료로.

─윗분 말이 맞습니다. 저도 한 번 갔다가 두 번 더 갔습니다. 주인이 얼마나 징징거리는지……. 그래서 다시 연락하면 귀신이 아니라 당신부터 잡아 죽인다고 욕하고 그냥 와 버렸음.

─홈페이지부터 확인하고 갔어야 했는데……. 적당해 보여서 갔다

왔는데…… 휴! 내용 보니 나한테도 몇 번 더 전화 오겠군요.

-혈(穴) 자리인 듯.

글을 읽던 김호철이 고개를 갸웃거렸다.

'혈 자리?'

혈 자리라는 것이 뭔가 생각을 하던 김호철이 눈을 찡그렸다. 어쨌든 지금 중요한 것은…….

"귀신을 퇴치해도 또 나온다?"

김호철의 말에 직원이 굳은 듯 서 있다가 한숨을 쉬었다.

"다른 곳을 보여드리겠습니다."

직원의 말에 잠시 그를 보던 김호철이 고윤희를 바라보았다.

"퇴치한 귀신이 또 나올 수도 있는 겁니까?"

"퇴치한 귀신이 또 나올 수는 없지. 능력자들이 사기꾼도 아니고 퇴치 의뢰를 맡았으면 확실히 퇴치했을 거야. 또 나오는 귀신들은 새로운 귀신일걸."

"그럼 왜 귀신이 계속 나오는 겁니까?"

김호철의 물음에 고윤희가 손가락을 가볍게 튕겨 지풍을 쏘았다.

파앗!

그러자 땅에 작은 구멍이 뚫렸다.

"혈이라는 거야."

"혈?"

댓글에 쓰여 있던 내용을 떠올리며 김호철이 구멍을 보자 고윤희가 말했다.

"게이트가 열리고 난 후 세상에 마나가 많아졌잖아. 마나는 사람과 동식물에게 영향을 줬어. 어떤 과일은 더 맛이 좋아졌고, 어떤 동물은 마나 덕에 능력을 각성해서 몬스터처럼 강해졌지. 하지만 그 영향은 동식물에게만 영향을 준 것은 아니야. 지구 자체에도 영향을 줬어. 성스러운 지역이라는 거 들어봤어?"

"그 이야기는 알고 있습니다. 바티칸과 같은 성국에 가면 병이 치료된다는 것 아닙니까?"

지구의 특정한 지역이 마나에 의해 사람이나 자연에 영향을 주는 일이 일어났다.

어디를 가면 병이 치유되고 어디에 가면 비가 많이 내린다거나 하는…….

김호철의 말에 고개를 끄덕인 고윤희가 말했다.

"게이트가 열리지 않아도 특정한 속성의 마나가 많이 모여서 불가사의한 일이 생기는 장소를 혈이라 부르지."

"혈?"

"뭐, 그냥 사람들이 말하기 편하게 붙인 단어지만, 틀린 말은 아니지. 용혈이라고 알아?"

"모르는데요."

"게이트가 생기기 전에도 풍수지리학적으로 기가 많이 모이는 장소나 지역이 있어. 그런 곳은 기운이 강해서 수행을 하는 도인이나 무인이 많이 모여들었지. 대부분 그런 곳에 용혈이라는 곳이 자리를 하고 있는데…… 중국을 예로 들면 오악이라 불리는 산들이 그런 장소야."

"게이트가 생기기 전에도 기가 강했다면 게이트가 생긴 후에는 더 강해졌군요."

"확 하고 강해졌다고 하기는 뭣해도 다른 곳에서 심법 수련하는 것보다 거기서 하면 더 내공이 많이 쌓이기는 하지."

설명을 한 고윤희가 땅에 파인 구멍을 보며 말했다.

"어쨌든 이곳에 왔던 능력자들은 이곳을 혈이라 생각하나 보네."

"그럼 이곳은 귀신이 계속 나오겠군요."

"그렇겠지."

주위를 둘러보는 고윤희를 보던 김호철이 직원을 바라보았다.

"이 근처 땅값 다 떨어졌겠습니다."

"휴우…… 그렇습니다."

"이런 곳에서 부동산이 됩니까?"

혈로 의심될 정도로 귀신이 나온다면 아마도 여기뿐만 아니라 인근에도 귀신이 출현할 게 뻔했다. 이곳은 알면 못 오고, 모르고 와도 얼마 못 버티고 나가게 될 것이다.

"저희는 경기도 전역을 상대로 일을 하니까요. 어쨌든 경치 좋은 곳을 보여드리고 싶은 욕심에 제가 물건을 잘못 보여드렸습니다. 자! 제가 더 좋은 곳으로 보여드리겠습니다."

아무리 능력자라도 귀신이 계속 나온다면 살기 힘들 것이라 생각을 한 직원이 다른 곳으로 안내하려 하자 잠시 생각을 하던 김호철이 고개를 끄덕였다.

"좋은 곳으로 부탁드리겠습니다."

말은 그렇게 했지만 김호철은 직원이 미덥지 못했다. 이런 땅을 보여준 인간이니 말이다.

직원이 서둘러 걸음을 옮겼다. 김호철은 그 뒤를 따르다 슬쩍 펜션 쪽을 바라보았다.

'귀신이라……'

2장
처녀 귀신 나오다

그날 저녁, 어둠이 짙어지는 시간.

김호철과 고윤희는 아침에 봤던 펜션에 다가가고 있었다.

"늦은 밤 남자와 단둘이 펜션이라……. 호철이 엉큼한 생각하는 거 아냐?"

고윤희의 말에 김호철이 피식 웃으며 고개를 저었다.

"엉큼한 생각이 있었으면 다른 여자를 데리고 오지 고 팀장님과 함께 오겠습니까?"

"어머? 지금 무슨 소리를 하는 거야? 나 같은 여자랑 오니 엉큼한 생각을 먹게 되는 거지."

슬쩍 원피스를 들어 다리를 노출을 하는 고윤희를 보며 김호철이 침을 삼켰다.

성격이 지랄 같아서 문제지 몸매나 다리 하나는 끝내줬다. 하얗고 부드러운 피부가 어두운 밤하늘에서도 반짝거릴 정도로 말이다.

매끄러운 고윤희의 다리를 보던 김호철이 급히 고개를 돌렸다. 계속 다리를 보다가는 정말 엉큼한 생각을 하게 될지도 몰랐다.

'꿀꺽!'

고개를 돌리는 김호철의 모습에 고윤희가 웃었다.

"호철이, 내 다리 보면서 침 삼켰지."

"아뇨, 제가 무슨……."

"아니기는. 침 삼키는 소리가 천둥처럼 들리던데. 하긴 내가 청순하면서도 한 섹시 하기는 하지."

김호철을 보며 웃던 고윤희가 펜션을 바라보았다.

"그런데 정말 여기 사게?"

고윤희의 말에 김호철이 펜션을 보다가 고개를 끄덕였다.

"오늘 둘러본 곳 중에 여기가 가장 마음에 듭니다. 값도 싸고."

"하긴 아까 부동산에서 보여준 곳 중 여기만 한 곳이 없기는 하더라."

부동산 직원은 귀신 들린 곳을 보여준 것이 미안했는지 성심성의껏 경치 좋은 땅들을 보여주었다.

하지만 그중 여기보다 마음에 드는 곳이 없었다. 주변 풍경과 가격까지 해서 말이다.

그래서 김호철은 다시 이곳 펜션에 온 것이었다. 혜원이가 살 집이다. 가장 좋은 곳으로 하고 싶었다.

"귀신 잡는 건 어렵지 않지만, 계속 나오는 건 문제가 될 텐데?"

"한 가지 생각이 있습니다."

"생각?"

고윤희의 물음에 김호철이 데스 나이트를 소환했다.

파지직!

김호철의 몸에서 뇌전이 솟구치며 데스 나이트가 모습을 드러냈다.

"데스 나이트를 집 지키는 개로 쓰려고?"

고윤희의 말에 김호철이 웃었다.

천하의 데스 나이트가 집 지키는 개라…….

'하긴 데스 나이트가 사는 집이면 도둑은 확실히 안 들어오겠군.'

어떤 간 큰 도둑이 데스 나이트가 사는 집을 털러 오겠는가.

그리고 귀신도 들어오지 못할 것이다.

그런 생각을 하던 김호철이 데스 나이트를 보다가 펜션 쪽으로 걸음을 옮겼다.

"혈이라는 곳이 특수한 속성의 마나가 흐르는 곳이라면 이 곳은 아마 죽음의 기운이 흐르는 혈일 겁니다. 그 죽음의 기운에 귀신들이 흘려서 모여드는 것일 테고……."

"호오!"

김호철의 말에 고윤희가 데스 나이트를 바라보았다.

"그 죽음의 기운을 데스 나이트가 흡수하게 할 생각이야?"

자신의 생각을 읽은 듯한 고윤희를 보며 김호철이 물었다.

"될까요?"

"내가 몬스터를 다뤄본 적이 없어서 잘 모르겠지만…… 되지 않을까? 그런데 그런 생각은 어떻게 했어?"

"게이트가 열릴 때 능력자들의 몸에 힘이 넘쳐 나잖습니까. 게이트의 마나가 능력자에게 힘을 준다면 몬스터도 그 게이트에 영향을 받을 거라 생각했습니다. 그리고 혈 자리역시 마나가 풍부해서 생긴 곳이면 게이트와 비슷하지 않을까 했죠."

김호철의 말에 고윤희가 고개를 끄덕였다.

"맞는 말이네. 게다가 데스 나이트면 언데드니 혈 자리의 마나 속성과도 잘 맞고."

이야기를 나누던 두 사람은 이제는 폐가로 변한 펜션 앞에 멈췄다.

"안에는 들어가지 말자. 장사 안 한 지 오래라 끔찍할 거야."

"끔찍이요?"

"먼지는 그렇다 쳐도 아마 여기저기 짐승 똥이 한가득일 걸. 아니, 산 바로 밑에 위치해 있으니 한가득이 아니라 두 가득일 수도 있겠다."

생각만 해도 더럽다는 듯 몸서리치는 고윤희를 보던 김호철이 주위를 바라보았다.

"그럼 노숙을 해야 하는데요."

"하룻밤 정도는 안 자도 안 죽어. 가서 나무나 좀 주워 와. 오랜만에 캠핑 온 기분이나 좀 내게."

고윤희의 말에 김호철이 주위를 둘러보고는 말했다.

"혼자 괜찮으시겠습니까? 귀신 나온다는데."

"파핫, 나보고 하는 소리야?"

웃으며 고윤희가 손을 흔들었다.

펑!

고윤희의 손에서 뿜어진 장력에 땅 한쪽이 터져 나갔다.

후두둑! 후두둑!

흙먼지가 사방으로 흩어지는 것을 본 김호철은 별다른 말 없이 데스 나이트를 데리고 근처 나무들이 있는 곳으로 걸어 갔다.

'걱정할 건 고윤희가 아니라 귀신이었군.'

고윤희 앞에 나타날 귀신을 걱정하며 김호철은 썩은 나뭇

가지와 장작으로 쓸 나무들을 주워 들었다.

그렇게 양손에 하나 가득 장작이 될 나무들을 주운 김호철이 펜션에 돌아왔다. 그런데 고윤희가 보이지 않았다.

'어디 갔지?'

"고 팀장님!"

몇 번 고윤희를 불러보았지만 고윤희의 답은 들리지 않았다.

"똥 싸러 갔나?"

의아한 듯 주위를 잠시 둘러보던 김호철이 고개를 젓고는 고윤희가 장력으로 파놓은 땅을 다지고는 그 위에 장작을 쌓기 시작했다. 캠핑을 해본 적은 없지만 장작에 불을 피우는 것은 그리 어렵지 않았다.

"뇌전."

장작을 잡고 뇌전을 일으키자 순식간에 불이 피어올랐다.

불이 붙기 시작한 장작에 마른 가지들을 몇 개 더 넣어 불길을 올린 김호철이 거기에 손을 비볐다.

"따뜻하고 좋네."

잠시 불길을 즐기던 김호철이 데스 나이트를 바라보았다. 데스 나이트는 굳은 듯 김호철 뒤에 서 있었다.

"여기에 죽은 기운들이 모이는 것 같은데 혹시 몸에 힘이 솟거나 하지 않냐?"

"칼 폰 루이스."

예상을 했던 답에 김호철이 쓰게 웃었다.

"그래, 너한테 뭘 바라겠냐? 그래도 목소리가 좋은 걸 보니 기분이 나쁘진 않은 모양이다."

자신의 이름을 말하는 칼의 목소리가 밝았던 것이다. 그런 칼을 보던 김호철이 타고 있는 장작을 멍하니 바라보았다.

귀신이 나오기 전에는 할 게 없는 것이다. 잠시 불을 멍하니 보던 김호철이 핸드폰을 꺼냈다.

"왜 이리 안 오지?"

20분 정도 지나간 것 같은데 고윤희가 아직도 돌아오지 않은 것이다.

"변비가 심한가?"

잠시 생각을 하던 김호철이 고윤희의 핸드폰 번호를 눌렀다. 그리고 잠시 후…….

샤라랄! 샤라랄!

이상한 벨소리가 숲에서 들려오기 시작했다. 생각보다 가까운 벨소리에 김호철이 놀라 급히 통화 종료를 눌렀다.

혹시라도 고윤희가 똥을 싸고 있다가 벨소리에 놀란다면…… 까지 생각을 하던 김호철이 급히 몸을 일으켰다.

똥을 싼다고 생각하기에는 위치가 너무 가까웠던 것이다. 고윤희라면 이렇게 가까운 곳에서 볼일을 보지 않았을 것이다. 아니, 그 전에 고윤희가 꼭 똥을 싸러 갔다는 생각을 한 것부터가 문제였다. 고윤희의 개똥같은 성격에 자기도 모르게 똥을 싸러 갔나 보다 하고 생각해 버린 것이다.

"고윤희 씨!"

버럭 고함을 지른 김호철이 데스 나이트의 어깨에 손을 올렸다.

"합체!"

김호철의 말에 데스 나이트의 몸이 검은 기운으로 흩어졌다.

화아악! 파지직!

김호철의 몸에 검은 갑옷이 형성되기 시작했다.

화아악! 화아악!

순식간에 데스 나이트를 몸에 두른 김호철은 순간적으로 한 가지를 깨달았다.

방금 전까지 칠흑처럼 어두웠던 세상이 선명하게 보이고 있었다. 마치 야시경으로 세상을 보는 것처럼 색감이 이상하기는 했지만 무척 선명하게 말이다.

파앗!

도약 한 번으로 5m를 뛴 김호철이 단숨에 숲 안으로 뛰어들었다.

숲으로 뛰어든 김호철은 나무 뒤에서 머리만 내놓고 있는 고윤희를 볼 수 있었다.

"고윤희 씨!"

고윤희는 허둥지둥하며 핸드폰을 만지고 있었다.

'뭐 하는 거지?'

"고 팀장님!"

김호철의 부름에 고윤희가 놀라 고개를 들다 그를 보고는 비명을 질렀다.

"꺄아악!"

탓!

비명을 지르며 핸드폰을 떨어뜨리는 고윤희의 모습에 김호철은 이게 무슨 일인가 싶었다.

'왜 저러는 거지?'

자신이 데스 나이트 갑옷을 입고 있기는 하지만 고윤희도 몇 번 본 적이 있다. 그러니 자신을 보고 이렇게 놀라 비명을 지를 이유가 없는 것이다.

그리고 김호철이 아는 고윤희라면 혹시라도 날이 어둡고 깜깜해 자신을 몬스터로 인지했다 해도 비명을 지를 여자가 아니었다. 장력을 뿜어내며 자신의 싸대기를 날릴 여자지.

"고…….."

고윤희를 부르던 김호철의 얼굴에 의아함이 떠올랐다.

'저건 뭐야?'

고윤희에게서 처음 보는 앳된 여성의 얼굴과 몸이 겹쳐 보이는 것이다.

'설마? 귀신 들린 건가?'

고윤희에게서 잔상처럼 겹쳐 보이는 여성의 모습에 김호철이 귀신 들렸다고 생각할 때 그녀가 갑자기 몸을 돌려서는 도망을 치기 시작했다.

"고윤희 씨!"

고윤희를 부르며 김호철이 손을 내밀었다.

"웨어 울프!"

화아악!

김호철의 손에서 뻗어 나간 검은 기운이 도망가는 고윤희 앞에 웨어 울프를 만들어냈다.

"크아앙!"

웨어 울프를 본 고윤희가 뒤로 발라당 넘어지며 비명을 질렀다.

"꺄아악! 괴물이다!"

'괴물이다'라는 말을 연신 외치며 웨어 울프에게서 도망을 치던 고윤희가 다시 소리쳤다.

"괴물이다!"

자신에게 외치는 것이 분명한 괴물이라는 말에 김호철이 피식 웃었다. 고윤희의 이런 모습을 보게 될 줄은 생각도 하지 못한 것이다. 비록 귀신이 들려서 하는 행동이기는 했지만.

어쨌든 지금 중요한 것은 고윤희, 아니, 귀신을 잡는 일이었다.

"멈춰! 멈추지 않으면…… 잡아먹는다!"

김호철이 버럭 소리를 지르자 도망치던 고윤희가 급히 멈췄다. 그러고는 겁에 질린 얼굴로 그를 바라보았다.

"도망 안 가면…… 안 잡아먹을 거예요?"

고윤희의 말에 김호철이 그녀를 지긋이 바라보았다. 아니, 정확히는 고윤희가 아니라 그녀의 몸에 빙의된 반투명한 귀신을 보고 있었다.

화아악! 화아악!

고윤희의 몸에 빙의된 귀신의 몸은 좌우나 앞뒤로 조금씩 흔들리고 있었다.

"그만 고윤희 씨 몸에서 나와. 그렇지 않으면 널! 잡아먹겠다."

김호철이 양손을 크게 들어 올리자 고윤희가 비명을 지르며 주저앉았다.

"꺄악! 안 잡아먹는다고 했잖아요!"

"그러니까 어서 그 몸에서 나와!"

"싫어요!"

버럭 고함을 지르는 고윤희의 모습에 김호철이 눈을 찡그리고는 웨어 울프를 손짓해 불렀다.

"크르릉!"

낮은 울음을 토하며 다가오는 웨어 울프의 모습에 고윤희가 다시 비명을 질렀다.

"꺄아악!"

바들바들 떠는 고윤희를 향해 김호철이 다가갔다.

"꺄아악!"

그러자 고윤희가 자신을 보며 또 비명을 질러댔다.

'이러다 목 나가는 것 아냐?'

그런 걱정이 들 정도로 비명을 질러대는 고윤희의 모습에 김호철이 말했다.

"어서 나가!"

"싫어요!"

"왜 싫어!"

"이 몸이 좋아요!"

"이런 미친년이! 어서 꺼져!"

"싫어요!"

계속 싫다고 소리를 질러대는 고윤희를 보던 김호철이 손을 들었다.

김호철의 손에서 검은 뇌전이 솟구쳤다.

파지직! 파지직!

금방이라도 하늘로 솟구칠 것 같은 커다란 뇌전을 만들어 낸 김호철이 고윤희를 바라보았다.

"지금 나오지 않으면 이 뇌전이 네 영혼을 박살 내버릴 거다. 알고 있겠지. 뇌전은 파사의 기운이 담겨져 있어서 귀신에게 독약이다."

"꺄아악!"

다시 비명을 질러대는 고윤희를 보며 김호철이 손을 내밀었다.

파지직! 파지직!

"어서 나와."

이미 죽어 있는 귀신이기는 했지만 이 뇌전이면 다시 한 번 더 죽이는 것이 가능할 것이다.

"정말…… 죽는다, 너."

싸늘한 김호철의 음성에 고윤희가 바들바들 떨기 시작했다. 그리고…….

"흑흑흑! 으아앙!"

갑자기 고윤희가 울기 시작했다. 펑펑 울어대기 시작하는 고윤희의 모습에 김호철의 얼굴에 난감함이 어렸다.

귀신이 우는 것임은 알고 있지만 겉모습은 고윤희이다 보니 보기 안쓰러운 것이다.

그런 고윤희를 잠시 보던 김호철이 한숨을 쉬었다.

"바위."

김호철의 중얼거림에 손에서 금방이라도 쏟아져 나올 것 같이 출렁이던 뇌전들이 사그라들었다.

뇌전을 흩어낸 김호철이 고윤희를 보다가 투구를 위로 들어 올렸다.

철컥!

얼굴을 드러낸 김호철이 땅에 엉덩이를 붙이고 앉았다.

털썩!

"흑흑흑!"

그런 자신을 손가락 사이로 보는 고윤희의 시선을 느낀 김호철이 속으로 혀를 찼다.

'가짜 눈물이었나?'

그런 생각을 잠시 하던 김호철이 입을 열었다.

"나는 김호철이고 네가 빙의를 한 여자는 고윤희다. 네 이름은 뭐냐?"

김호철의 말에 고윤희가 그를 힐끗 보고는 떨리는 음성으로 말했다.

"저…… 안 죽일 거예요?"

"고윤희 몸에서 제 발로 안 나오면 죽일 거다."

파지직!

손을 살짝 들어 뇌전을 일으켜 보이는 김호철의 모습에 고윤희가 급히 소리쳤다.

"그걸로 저를 때리면 이 여자도 무사하지 못해요."

"그 여자는 능력자다. 네가 어떻게 그 여자 몸을 빼앗는지는 몰라도 이 정도 뇌전에 쉽게 죽을 여자가 아니다."

자신의 말에 입을 우물거리는 고윤희를 보며 김호철이 말했다.

"그 몸에서 왜 안 나가려는 거냐?"

말을 한 김호철은 자신의 질문이 바보같이 느껴졌다. 인간한테 빙의한 귀신한테 왜 안 나가려 하냐니……. 쉽게 나갈 생각이었으면 들어가지도 않았을 텐데 말이다.

"저하고 상성이 너무 좋아요."

"상성?"

"나는…… 처녀 귀신이에요."

"딱 보니 그래 보인다."

"그리고 이 여자도 처녀예요."

"처…… 녀?"

김호철의 중얼거림에 고윤희의 몸이 순간 뒤틀렸다.

"끄으윽!"

갑자기 고통스럽게 몸을 비틀어 대는 고윤희의 모습에 김호철이 놀라 소리쳤다.

"왜 그래?"

"이…… 여자가 갑자기 반항을…….."

몸을 비틀어 대던 고윤희가 김호철을 날카롭게 노려보았다.

"너 이 새끼! 빨리 이년 안 죽이고 뭐 해!"

버럭 욕설을 뱉어내는 고윤희의 모습에 김호철이 놀라 그녀를 바라보았다.

"고윤희 씨?"

"빨리 뇌전이나 날려, 이 새끼야!"

"하지만 고윤희 씨가 다칠 텐데……."

"됐…… 크으윽!"

말을 하던 고윤희가 다시 몸을 비틀었다. 그러고는 잠시 멍하니 있다가 입을 열었다.

"휴우! 이 여자 성격 대단하네요."

"처녀 귀신?"

김호철의 말에 고윤희가 고개를 끄덕였다.

"성깔에 눌려 쫓겨날 뻔했네요."

생긋 웃으면서 말을 하는 고윤희, 아니, 처녀 귀신을 보던 김호철이 말했다.

"방금 어떻게 된 거지?"

"아마 남에게 말하고 싶지 않은 걸 내가 말해서…… 알았어요! 그 이야기 안 할게요."

버럭 소리를 지르는 처녀 귀신을 보던 김호철이 고개를 갸웃거렸다.

'남에게 알리고 싶지 않은 것? 설마 자신이 처녀라는 것을 말하는 건가?'

고윤희를 잠시 보던 김호철은 역시 미친년이라는 생각을 했다.

평소 남자 경험 많이 한 여자처럼 행동하더니…….

하지만 고윤희가 처녀라는 생각에 괜히 미소가 지어지는 김호철이었다.

어쨌든 지금 중요한 것은 고윤희 몸에서 처녀 귀신을 뽑아내야 한다는 것이었다.

"그래서 못 나오겠다고?"

"저기…… 아저씨가 저 조금만 도와주면 나올게요."

"도와 달라?"

"네."

"뭘?"

"귀신 아저씨들이 그러는데 처녀 귀신은 한을 풀어야 극락왕생할 수 있대요. 그렇지 않으면 평생 구천을 헤매다 떠돌이 악령이 되어버린대요."

"한을 풀어 달라는 거냐?"

"네."

"한 풀어주면 그 여자 몸에서 그냥 나올 거고?"

"네."

처녀 귀신의 답에 김호철이 잠시 고윤희를 바라보았다.

'한이 뭔지 일단 들어보고 결정하는 것이 낫겠다. 들어주기 힘든 거면…… 고윤희에게는 미안하지만 뇌전으로 때려 버리는 수밖에.'

속으로 중얼거린 김호철이 고개를 끄덕였다.

"한이 뭐야?"

김호철의 물음에 처녀 귀신이 입을 열려는 순간 그녀의 몸이 다시 뒤틀렸다.

"크으윽!"

신음을 흘리는 처녀 귀신의 입이 열렸다.

"이런 미친년이 지금 누구 몸뚱이를 가지고 떡을 치려고 해!"

버럭 고함을 지르는 고윤희의 모습에 김호철이 놀라 소리쳤다.

"고윤희 씨, 괜찮아요?"

"미친 또라이야!"

욕설을 뱉으며 비틀거리며 몸을 일으킨 고윤희가 손을 쳐들었다.

"크으윽! 그러지 마요!"

"뭘 그러지 마! 이 미친년, 넌 뒈졌어!"

"그러면 언니도 다쳐요!"

"호철이랑 떡 칠 바에야 뒈져 버리겠다!"

혼자 북 치고 장구 치는 미친년 같은 모습을 보이던 고윤희의 손바닥에서 우윳빛 기운이 흘러나오기 시작했다.

"꺄아악!"

고윤희의 입에서 비명이 흘러나오는 것과 함께 우윳빛 기운이 흔들렸다.

하지만 그것도 잠시 고윤희가 기합을 질렀다. 욕설도 기합이라고 할 수 있다면 말이다.

"미친년아!"

버럭 고함을 지른 고윤희가 자신의 가슴을 향해 우윳빛 기운을 머금은 수장을 힘껏 쳤다.

펑!

"꺄아악!"

비명과 함께 고윤희의 몸에서 희뿌연 처녀 귀신이 튕겨져 나갔다.

"우엑!"

그와 함께 고윤희가 피를 토하며 무릎을 꿇자 김호철이 급히 그녀에게 다가갔다.

'이런 세상에, 이 미친년 보소. 성깔이 얼마나 미쳐 돌아가

야 귀신 쫓겠다고 자신의 몸에다 장력을 날릴 수 있는 거야?'

놀란 얼굴로 고윤희를 부축을 한 김호철이 그녀를 바라보았다.

"괜찮으세요?"

김호철의 말에 고윤희가 입술을 깨물며 그를 올려다보았다.

"X질…… 하면 죽인다."

여자 입에서 흔하게 나올 수 없는 말을 아주 흔하게 뱉는 고윤희를 보며 김호철이 한숨을 쉬며 옆을 바라보았다.

그 옆에는 처녀 귀신이 쓰러져 있었다. 고윤희의 장력에 충격이 심한 듯 그렇지 않아도 창백한 얼굴이 백지장처럼 질려 있었다.

게다가 영체도 심하게 흔들리는 것이 무척 괴로워 보였다. 잠시 처녀 귀신을 보던 김호철이 입을 열었다.

"괜찮냐?"

김호철의 물음에 힘들게 고개를 든 귀신이 고개를 끄덕였다.

"영체가 부서지지만 않으면 여기서는 어지간하면 다 회복이 돼요."

"여기 기운 때문에?"

"네."

처녀 귀신을 보던 김호철이 말했다.

"네 한이라는 게 남자와…… 힘!"

김호철은 차마 뒷말을 잇지 못했다. 귀신이라고 해도 아직 어려 보이는 여자에게 정사, 혹은 섹…… 으로 시작하는 단어를 말하기에는 김호철이 여자 경험이 많지 않은 것이다.

"자야 돼요."

"켁! 험험!"

처녀 귀신이 자야 된다는 말을 하자 김호철이 헛기침을 몇 번 했다. 그리고 처녀 귀신의 말에 고윤희가 입술을 깨물며 주위를 두리번거렸다.

"이 미친 귀신 년 어디 있어. 이년이 남의 몸뚱이를 가지고 뭐를 해?! 이 미친 또라이 같은 년!"

고개를 미친년처럼 이리저리 돌리며 욕설을 해대는 고윤희의 모습에 김호철이 의아한 듯 말했다.

"귀신의 마나는 못 느끼십니까?"

"왜 못 느껴! 아침에도 다 느꼈는데."

"그런데 왜 처녀 귀신이 있는 곳을 못 느끼십니까?"

김호철의 말에 고윤희가 그를 보다가 고개를 홱 돌려 버렸다. 그런 고윤희의 모습에 처녀 귀신이 입을 열었다.

"여기는 사방에 귀신이 모여 있어서 저희를 느낄 수 있어도 정확하게 제가 어디에 있는지는 모르실 거예요."

'귀신이 너무 많아서 처녀 귀신의 기운만을 정확하게 인지할 수 없는 모양이군.'

소 한 마리를 데리고 시내에 가면 그 소 한 마리를 찾기는 쉽다. 눈에 확 띄니 말이다.

하지만 소 시장에 가서 소 한 마리를 찾기는 어렵다. 어떤 것이 내가 찾는 소인지 모르니 말이다.

'주위에 귀신이 얼마나 많은 거야.'

하지만 주위에 귀신은 보이지 않았다. 주위를 두리번거리는 김호철의 모습에 처녀 귀신이 말했다.

"아저씨와 함께 있는 귀신 아저씨가 너무 무서워서 다들 숨어 있어서 안 보이실 거예요."

"귀신 아저씨? 이 갑옷 주인 말이냐?"

"네, 제가 처녀 귀신이라 영이 아주 센데요. 그런데도 그 아저씨 근처에 있으면 영이 흩어질 것 같아요. 그래서 다들 숨어 있어요."

처녀 귀신의 말에 김호철은 자기도 모르게 미소를 지었다.

'언데드 깡패가 여기 있으니 귀신님들은 다가오지도 못한다는 말이군.'

그렇다면…… 이 땅 김호철이 사도 될 것 같았다. 데스 나이트가 있으면 귀신들이 다가오지도 못한다니 사는 데는 아무런 지장이 없는 것 아닌가.

이 땅을 사도 되겠다는 생각을 하던 김호철이 처녀 귀신을 바라보았다.

"너 몇 살이냐?"

김호철의 물음에 처녀 귀신이 잠시 생각을 하다가 말했다.

"죽었을 때 나이요, 아니면 지금 나이요?"

"몇 살에 죽었는데?"

김호철의 물음에 처녀 귀신이 자신이 죽었을 때가 떠올랐는지 눈물을 뚝뚝 흘리기 시작했다.

"스무 살요."

"쯧!"

처녀 귀신의 말에 김호철은 혀를 찼다. 그렇지 않아도 동생하고 비슷한 나이겠다 싶었는데…….

'혜원이랑 같은 나이인데 죽었다니…….'

그런 생각을 하며 잠시 처녀 귀신을 보던 김호철이 말했다.

"네가 불쌍하기는 하지만…… 세상에 사연 하나 없는 사람도 없는데 귀신이라고 별다르겠냐. 아니, 승천도 못 하고 귀신이 되었으니 사연이야 더 있겠지."

잠시 말을 멈춘 김호철이 처녀 귀신을 보며 말했다.

"그래도 귀신이 사람 몸에 함부로 빙의하고 그러면 안된다. 나도 세상 이치를 잘 알지는 못하지만 귀신이 존재

한다면 극락왕생이나 천국과 지옥도 있겠지. 좋은 일 하면 천국 가고 나쁜 일 하면 지옥 가는 것이 법이라면…… 빙의를 한 사람의 몸을 함부로 굴려 네가 한을 푼다 한들 가야 할 곳은 지옥밖에 더 있겠니."

김호철의 말에 처녀 귀신이 입을 열지 않았다. 대신 김호철의 품에 안겨 있던 고윤희가 눈을 번쩍 뜨며 말했다.

"지옥은 무슨…… 내가 여기서 때려죽일 건데."

파앗!

누워 있는 사이 운기조식이라도 했는지 다친 사람처럼 보이지 않게 벌떡 몸을 일으킨 고윤희가 장력을 끌어올렸다.

화아악!

고윤희의 손에서 우윳빛 기운이 서리는 것에 김호철이 놀라 급히 몸을 일으켰다.

"상처도 낫지 않았을 텐데 이렇게 내공을 쓰시면……."

"한 대 맞으면 두 대로 갚는 게 바로 나, 고윤희야."

고윤희의 말에 김호철이 눈을 찡그렸다.

'그 한 대는 스스로 때렸으면서 무슨 소리를 하는 거야.'

하지만 차마 입 밖으로 그 말을 할 수는 없었다.

아까 피를 토하면서 흘린 피가 아직 입가에 선명한 고윤희에게 그 말을 했다가는 지금 손에 모인 장력으로 자신을 때릴 것이 분명한 것이다.

그런 고윤희를 잠시 보던 김호철이 갑자기 손을 들었다.

"저기 처녀 귀신!"

김호철의 말에 고윤희의 고개가 번쩍 돌아갔다.

그리고 바로 그때 김호철이 그대로 그녀의 뒤통수를 손으로 후려쳤다.

퍽!

스르륵!

고윤희가 그대로 쓰러지자 김호철이 안도의 한숨을 쉬고는 웨어 울프를 손짓해 불렀다.

"여기서 잘 지켜."

김호철의 말에 웨어 울프가 고개를 끄덕이고는 고윤희를 안아 들었다. 그런 웨어 울프를 본 김호철이 처녀 귀신을 향해 고개를 돌렸다.

"이 언니 다시 눈 뜨면 너 죽는다. 그냥 가라."

김호철의 말에 처녀 귀신이 한숨을 쉬며 고개를 저었다.

"지금은 영이 흔들려서 어디를 갈 수가 없어요."

"회복된다며."

"시간이 필요해요."

창백한 얼굴로 쓰러져 있는 처녀 귀신을 보고 있자니 김호철은 그녀가 안쓰러웠다.

'나이도 어린 것이…….'

살아 있다면 대학교에서 또래 아이들과 수다를 떨고 남자 친구를 사귀며 평범하게 살았을 텐데…….

처녀 귀신을 보며 김호철이 안쓰럽게 생각을 할 때 그의 손이 올라갔다.

'응?'

자신이 의식을 하지 않았는데도 올라가는 손에 김호철의 얼굴에 의아함이 어렸다.

'칼이 왜?'

지금 손이 올라가는 것은 분명 칼이 하는 것이다. 칼이 왜 이러나 싶던 김호철의 얼굴이 굳어졌다.

화아악!

김호철의 손에서 검은 기운이 뿜어지더니 그대로 처녀 귀신을 감싸 버린 것이다.

"뭐야!"

그에 놀란 김호철이 급히 손을 거뒀다.

─칼 폰 루이스.

그런 김호철의 행동에 칼이 자신의 이름으로 답을 했다. 그 음성에는 당황이 어려 있었다.

"지금 뭐 하는 짓이야! 저 불쌍한 애한테!"

김호철의 외침에 칼이 손을 들었다. 물론 김호철의 손이지만 말이다.

어쨌든 손을 든 칼이 처녀 귀신을 가리켰다.

그에 처녀 귀신을 본 김호철의 얼굴에 안도감이 떠올랐다. 처녀 귀신의 백지장 같은 얼굴이 조금은 사람처럼 변한 것이다.

"어? 몸에 힘이 넘쳐요."

처녀 귀신이 자신의 몸을 내려다보며 하는 말에 김호철이 자신의 손을 내려다보았다.

'내가 저 아이를 안쓰러워하니 네가 회복시켜 준 거냐?'

같은 언데드이니 데스 나이트의 마나를 조금 처녀 귀신에게 넣어준 모양이었다.

─칼 폰 루이스.

이름으로 답을 하는 칼의 목소리를 들으며 고개를 끄덕인 김호철이 처녀 귀신을 바라보았다.

"몸에 이상은 없니?"

"힘이 넘치는 것 말고는 없어요."

말과 함께 일어나는 처녀 귀신을 보던 김호철이 말했다.

"그럼 어서 가."

"그런데 오빠, 여기 땅 사려고요?"

처녀 귀신의 물음에 김호철이 고윤희를 바라보았다. 의식을 잃은 채 웨어 울프에 안겨 있는 고윤희를 보던 김호철이 몸을 돌렸다.

"쓸데없는 것 묻지 말고 어서 가."

처녀 귀신에게 몸을 돌린 김호철이 데스 나이트와의 합체를 풀었다.

화아악!

그러자 검은 연기 같은 것으로 변했던 데스 나이트가 김호철 옆에 모습을 드러냈다.

그러자 방금 전까지 환하게 보이던 시야가 다시 어둠으로 물들었다.

눈을 몇 번 비비며 어둠에 눈을 적응시킨 김호철이 고윤희를 웨어 울프에게 받아 들었다.

물컹한 고윤희의 몸을 느끼며 김호철은 어쩐지 얼굴이 달아올랐다.

이것을 노리고 갑옷을 해체한 것은 아니었지만 만약 갑옷을 입은 상태에서 고윤희를 안았다면 이런 보너스는 얻지 못했을 것이다.

'무술 하는 사람이라 근육 때문에 단단할 줄 알았더니 되게 부드럽네.'

자기도 모르게 고윤희를 안은 손에 힘을 주며 김호철이 장작불이 있는 곳으로 걸음을 옮겼다.

그런 김호철의 모습을 보던 처녀 귀신이 급히 그 뒤를 따라왔다.

"오빠, 같이 가요."

타타탓!

김호철의 뒤를 빠르게 뛰어오던 귀신이 순간 소리를 질렀다.

"꺄아악!"

갑자기 비명을 지르는 귀신의 소리에 김호철이 놀라 뒤를 돌아보았다.

"뭐야?"

뒤를 돌아본 김호철은 자신의 몸을 멍하니 내려다보고 있는 처녀 귀신을 볼 수 있었다.

"너 왜 그래?"

김호철의 물음에 처녀 귀신이 멍하니 자신을 보다가 발로 나무를 찼다.

탓! 탓!

그렇게 몇 번을 나무를 차던 처녀 귀신이 김호철을 바라보았다.

"저…… 몸이 있어요."

귀신의 말에 김호철이 무슨 말인가 싶어 그녀를 바라보았다. 처녀 귀신이 김호철에게 다가오더니 그의 팔에 자신의 몸을 들이밀었다.

물컹!

"헉!"

팔뚝에 닿는 물컹한 감촉에 김호철이 놀라 몸이 굳어졌다. 그런 김호철을 보며 처녀 귀신이 말했다.

"느껴지죠."

'꿀꺽! 그야 내가 고자도 아니고…….'

물컹! 물컹!

처녀 귀신이 움직일 때마다 팔뚝에 닿는 물컹한 감촉이 더욱 선명해졌다.

"험!"

헛기침을 한 김호철이 처녀 귀신을 떼어내고는 급히 걸음을 옮겼다.

"오빠, 같이 가요."

자신의 뒤를 따라오는 처녀 귀신을 보며 성큼성큼 걸어가던 김호철이 말했다.

"그런데 데스 나이트 옆에 오는 것만으로 영이 흩어질 것 같다고 하지 않았나?"

"아! 아까는 그랬는데 지금은 괜찮은데요."

'칼의 기운이 들어가서 그런가?'

그런 생각을 하던 김호철의 얼굴이 붉어졌다.

처녀 귀신이 자신의 몸을 이리저리 만지작거리고 있는 것이 보인 것이다. 그런데 처녀 귀신이 양손으로 만지는 부위가…… 가슴이다.

"남자 앞에서 그런 데 만지는 거 아니다."

김호철의 말에 처녀 귀신이 무슨 생각이 났는지 그를 빤히 바라보았다.

"오빠…… 나랑 할래요? 아니, 나랑 해요."

"큭!"

놀라 바라보는 김호철을 보며 처녀 귀신이 간절한 눈으로 그를 바라보았다.

"저, 이제 몸도 있으니까 빙의 안 하고 해도 될 것 같아요."

빙의가 문제가 아니다. 한다는 것이 문제지.

"그 몸, 어떻게 된 건지도 모르잖아."

"아……."

자신의 몸을 만져 보던 처녀 귀신의 몸이 순간 사라졌다.

화아악!

갑자기 말도 없이 사라지는 처녀 귀신의 모습에 김호철의 얼굴에 아쉬움이 떠올랐다.

하지만 그것도 잠시 김호철이 급히 고개를 저었다.

"아쉬워하지 말자. 귀신하고 무슨……."

아무리 예쁘고 어려도…… 귀신한테 동정을 바치기에는…….

3장
인형사자

"끄응!"

작은 신음과 함께 눈을 뜨는 고윤희의 모습에 김호철이 그녀에게 다가갔다.

"괜찮으세요?"

잠시 멍하니 김호철을 보던 고윤희가 급히 주위를 두리번거렸다.

"그년 어디 있어?"

고윤희의 말에 김호철이 그녀를 보다가 고개를 저었다.

"보냈습니다."

"보내? 이!"

자신을 보며 입을 실룩거리던 고윤희가 잠시 있다가 한숨을 쉬었다.

"휴! 네가 나 기절시켰냐?"

"고 팀장님한테 한 짓이 있기는 하지만…… 불쌍한 아이입니다. 스물 살에 죽어 귀신이…….."

김호철의 변명에 고윤희가 손을 들었다.

"거기까지…… 몸의 주도권을 뺏겼을 뿐 나도 의식은 있었어."

고개를 저은 고윤희가 김호철을 바라보았다.

"잘했어."

"네?"

화를 낼 것이라 생각했는데 잘했다는 말에 김호철이 의아한 듯 그녀를 바라보았다.

"내 몸 가지고 이상한 짓 하려고 해서 그런 거지 그년이 불쌍하다는 건 빙의당했던 내가 제일 잘 알겠더라. 불쌍한 년…… 휴!"

빙의당한 순간 처녀 귀신과의 감정을 공유하게 된 고윤희로서는 그녀가 얼마나 간절하게 김호철과 자고 싶어 했는지 알고 있었다.

잠시 말이 없던 고윤희가 슬며시 입을 열었다.

"아까 귀신이 한 이야기…….."

"무슨 이야기요?"

"그……."

입만 달싹이는 고윤희의 모습에 김호철이 속으로 작게 웃었다.

'그게 뭐 부끄러운 일이라고…….'

모닥불 때문인지 아니면 부끄러워서인지 붉게 달아오른 고윤희의 얼굴을 보던 김호철이 말했다.

"배 안 고프십니까?"

"배?"

의아해하는 고윤희를 보며 김호철이 옆에 놓인 컵라면을 들어 보였다.

"어? 그거 어디서 났어?"

"가고일 타고 인근 인가에 가서 사왔습니다. 생각을 해보니 야영을 할 준비가 하나도 되어 있지 않더군요."

"나는? 혼자 두고?"

"데스 나이트를 두고 갔었습니다."

그러고는 김호철이 숯불 위에 올려놓은 냄비 뚜껑을 열었다.

화아악!

하얀 김이 솟구치는 것을 보며 김호철이 냄비 안에 컵라면 몇 개 집어넣었다.

"왜? 물을 붓지?"

"라면은 냄비에 끓여야 맛있죠."

잠시 후, 김호철과 고윤희가 잘 익은 라면을 먹기 시작했다.

'여자와 이 시간에 라면이라······.'

라면을 먹으며 김호철이 고윤희를 힐끗 바라보았다. 모닥불에 비쳐 붉게 달아오른 고윤희의 모습은 무척 매혹적이었다.

'귀신이 붙었을 때······ 그냥 못 이기는 척 좋은 일 할 걸 그랬나?'

지금 와서 생각을 해보니 조금은 아쉬운 김호철이었다.

김호철과 고윤희는 나란히 앉아 있었다.

"생각보다 날씨가 더 추운 것 같습니다."

김호철의 말에 고윤희가 고개를 끄덕였다.

"내공 덕에 어지간한 추위는 잘 견디는 나도 추위를 느끼는 걸 보면, 이건 날씨보다는 이 땅에 음기가 강해서 그런 것 같아."

내상을 입은 상태에서 한기를 느끼자 더 추운 듯 고윤희가 김호철 옆에 바짝 다가앉았다.

"모포라도 챙겨 오지."

"장작불이면 충분할 줄 알았죠. 지금이라도 가서 사올까요?"

"됐어. 가서 사올 거면 차라리 민박을 하고 말지."

말과 함께 고윤희가 한쪽에 장승처럼 서 있는 데스 나이트를 바라보았다.

"근데, 데스 나이트 덕에 귀신이 못 오는 걸 알았으니 이제 가도 되지 않아?"

"불편하시면 먼저 들어가세요. 차 있는 데까지 같이 가드릴게요."

"너는?"

"하룻밤 정도는 머물러 봐야죠. 어떤 유령이 나오는지도 좀 보고."

"그럴 거면 데스 나이트는 넣어두는 게 낫지 않아? 데스 나이트가 있으면 유령들이 이 근처에 얼씬도 하지 않을 텐데."

고윤희의 말을 들은 김호철이 손뼉을 쳤다.

"아…… 왜 유령이 안 나타나 했더니."

"바보 같기는."

고윤희의 말에 고개를 끄덕인 김호철이 데스 나이트를 흡수했다.

파지직!

흡수되는 데스 나이트를 느끼며 김호철이 고윤희를 바라보았다.

"많이 춥습니까?"

"음기가 심해서 그런지 좀 춥네. 너는?"

"저도 좀 춥습니다."

김호철의 말에 고윤희가 모닥불을 보다가 김호철의 팔을 들었다.

그러고는 쓰옥…….

김호철의 품에 안긴 고윤희가 그의 팔을 자신의 어깨에 두르게 했다.

'헉…….'

김호철의 몸이 순간 굳어졌다. 자신의 품에 안긴 따뜻하고 부드러운 고윤희로 인해 긴장을 한 것이다.

"긴장하지 마. 추워서 그러니까."

"험! 긴장 안 합니다."

"뭘 심장 소리가 쿵쾅거리는데. 어쨌든 이러고 있으니 좀 따뜻하네."

자신의 품에 더 깊숙이 들어오는 고윤희의 몸을 느끼며 김호철이 숨을 골랐다.

'당황하지 말자.'

잠시 숨을 고른 김호철이 고윤희의 어깨에 두른 팔을 살짝 당겼다.

"……."

아무 말 없이 당겨오는 고윤희를 느끼며 김호철은 묘한 느낌을 받았다.

'혹시 고윤희가 나를 좋아하나?'

그런 생각을 하던 김호철이 슬쩍 손가락을 움직여 고윤희의 어깨를 더듬었다.

"죽는다."

작은 고윤희의 목소리에 김호철의 손가락이 그대로 굳어졌다.

"험! 어깨에 벌레가 있는 것 같아서."

"됐어."

스윽!

김호철의 품에서 나온 고윤희가 주위를 둘러보았다.

"데스 나이트가 사라지니 귀신들이 몰려드네."

"느껴지십니까?"

"열댓 마리 정도?"

김호철이 그녀를 바라보며 물었다.

"혹시, 처녀 귀신은?"

"몰라. 귀신 종류까지 분간할 수는 없어."

휘이익!

귀신이 다가오는 것을 알 수는 없지만 뭔가 음습하고 차가운 한기가 다가오는 것은 김호철도 느낄 수 있었다.

그런 기운을 느끼며 김호철이 뇌전을 끌어올렸다.

파지직! 파지직!

몸에 뇌전을 두른 김호철이 슬쩍 고윤희에게서 한 발 물러났다. 혹여 자신의 뇌전이 고윤희에게 튀길 수도 있으니 말이다.

파지직! 파지직!

뇌전을 두른 김호철이 고윤희를 바라보았다.

"혼자 괜찮으시겠습니까?"

"뭐래?"

김호철의 말에 고윤희가 손을 들어 보였다.

화아악!

우윳빛 기운이 흘러나오는 손을 들어 보인 고윤희가 주위를 보다가 말했다.

"근데 뭐 하려고?"

"처녀 귀신하고 이야기가 통했으니 다른 귀신들하고도 이야기해서 적당히 거리를 두고 살아보자고 해볼 생각입니다."

"그냥 퇴치하면 되지 무슨 경계야."

"귀신들이 이렇게 계속 몰려든다면 드잡이를 매일 해야 한다는 소리인데……. 귀찮지 않겠습니까."

"데스 나이트 꺼내 놓고 살면 되잖아."

"그건 그거 나름대로 신경 쓰이는 일이죠. 게다가 펜션을 허물고 집 짓는 공사 시작하면 일하시는 분들이 자주 오가야 할 텐데 제가 매일 공사장에 있을 수도 없는 일이고요."

그러고는 모닥불에서 장작을 몇 개 꺼내 주변에 툭툭 던져 주위를 밝힌 김호철이 입을 열었다.

"귀신들, 이야기 좀 합시다."

김호철의 말에도 주위에는 정적만이 감돌았다. 아니, 반응은 있었다.

"저거 미친놈일세."

"그러게. 귀신하고 이야기를 하자네."

"쯔쯔쯔! 귀신보다 더 무서운 것이 미친놈인디……."

생각과는 조금…… 아니, 많이 다른 반응에 김호철이 눈을 찡그렸다.

하지만 그것도 잠시 귀신들이 하는 말을 들으니 어느 정도 대화가 가능할 것 같았다.

"모습부터 보이시지요. 아니면……."

파지직!

손 위로 뇌전을 끌어올린 김호철이 입을 열었다.

"주위를 좀 더 밝게 만들어 볼까요?"

파지직! 파지직!

김호철의 손에서 뿜어진 뇌전이 점점 더 커지기 시작했다. 그 모습에 잠시 말이 없던 귀신들에게서 반응이 왔다.

화아악!

김호철의 앞에 정장을 말끔하게 차려 입은 사내가 나타 났다.

"그쪽이 여기 대장입니까?"

김호철의 말에 사내가 웃으며 고개를 저었다.

"귀신 세계에 서열이 어디 있다고 대장인가? 그냥 나서기 좋아하는 귀신일 뿐이지."

"어쨌든 여기 귀신들에게 할 말이 있으면 당신에게 하면 되는 겁니까?"

"그렇게 해. 주위에 있는 애들도 귀는 있으니까. 그리고 어지간하면 그것 좀 치우지."

눈이 부시다는 듯 뇌전을 가리키는 사내의 모습에 김호철 이 뇌전을 풀어냈다.

파지직!

뇌전이 사라지자 사내가 힐끗 고윤희 쪽을 바라보았다.

"애인하고 놀러 갈 거라면 여기보다 좋은 데 많은데…… 특이한 것을 좋아하나 봐?"

"애인 아닙니다."

"뭘 빼고 그래. 이런 곳에 여자랑 단둘이 왔으면 그렇고 그런 사이인 거지. 흐흐흐! 우리 신경 쓰지 말고 할 것 있으 면 해. 우리도 오랜만에 좋은 구경 좀 하게."

무슨 생각을 하는지 얼굴로 말을 하는 사내를 보던 김호철이 말했다.

"제가 생각한 귀신하고는 많이 다르군요."

"후! 귀신 많이 봤나 봐?"

"본 적은 없지만…… 이렇게 사람하고 똑같이 생겼을 줄은 몰랐습니다."

"이런 걸 원한 건가?"

말과 함께 사내의 모습이 순간 바뀌었다. 목이 반은 뜯겨져 나가 피가 질질 흐르고 배에서는 창자가 줄줄 흘러내리고 있었다.

"크크크크!"

거기에 소름 끼치는 신음까지…….

"헉!"

그 모습에 놀란 김호철이 헛바람을 삼키며 뒤로 물러나자 사내가 웃었다.

"큭! 능력자면 이런 것 많이 봤을 텐데 뭘 그리 놀라?"

웃으며 손으로 목을 제대로 맞추고 배에서 삐져나온 창자를 집어넣는 사내를 보며 김호철은 이를 딱딱 떨었다. 자신을 위해할 수 없다는 것을 알지만 본능적으로 무서운 것은 어쩔 수 없었다.

그런 김호철을 보며 사내가 손으로 자신의 몸을 쓰다듬는 시늉을 했다. 그러자 핏자국이 사라지며 깔끔한 정장을 입은 모습으로 바뀌었다.

"어때? 만족했나?"

사내의 말에 김호철이 침을 삼켰다.

"다시 보고 싶지 않군요."

"후! 내가 죽었을 당시 모습이라 나도 그리 좋아하는 모습은 아니지."

웃으며 몸을 털어 보이는 사내를 김호철이 질렸다는 듯 바라보았다.

'대체 어떻게 죽었길래 꼴이 저 모양이야. 몬스터한테 죽기라도 한 건가?'

김호철이 그런 생각을 할 때 사내가 말했다.

"그래, 이 땅을 사고 싶다고?"

"그걸 어떻게……?"

"아까 우리 꼬마와 생긴 일 들었어. 너랑 자고 싶어 하던데 한 번 그냥 자주지그래?"

처녀 귀신 이야기가 나오자 무시하기로 마음먹은 김호철이 입을 열었다.

"저기 펜션을 밀고 집을 지을 생각입니다."

"그래서 이웃집에 미리 인사라도 할 생각인가?"

"귀신하고 이웃할 생각은 없습니다."

"그럼?"

"여기 펜션에서부터 산책로, 그리고 저수지까지 들어오지 마십시오. 들어오지 않으면 여러분을 퇴치하지 않겠습니다."

김호철의 말에 사내가 웃었다.

"자신이 있나 보군."

"데스 나이트."

파지직!

김호철의 몸에서 검은 뇌전이 뿜어지더니 그 옆에 데스 나이트가 모습을 드러냈다.

데스 나이트의 모습에 사내가 감탄을 한 듯 미소를 지었다.

"데스 나이트라…… 대단하네."

사내의 여유 있는 목소리에 김호철이 고개를 갸웃거렸다.

'처녀 귀신이 다른 귀신들은 데스 나이트 곁에 오기만 해도 영이 흩어질 것 같다 했는데?'

처녀 귀신의 말과 달리 이 귀신은 전혀 아무렇지도 않은 듯했다.

김호철이 그런 생각을 할 때 사내가 입을 열었다.

"여기가 혈 자리인 것은 알지?"

"알고 있습니다."

"그럼 왜 우리…… 아니, 귀신들이 여기에 환장을 하는 줄 아나?"

"여기 마나가 죽음과 관련이 있어서 그런 것 아닙니까?"

김호철의 답에 사내가 고개를 끄덕였다.

"맞아. 이곳의 기운은 한국 전체까지는 아니더라도 경기도에 사는 귀신들을 홀리기에 충분하지. 그럼 왜 우리가 홀리는지 아나?"

"기운 말고도 더 있습니까?"

"있지. 여기 혈 자리에 가까워질수록 이성을 차리게 돼."

"이성?"

"귀신이 되면 처음 느끼는 건 분노와 의문이야. 난 왜 죽어야 하지? 저기 살아 있는 놈들은 뭐지? 나는 죽었는데 사람들은 살아서 버젓이 돌아다니고 자기 할 일들 하고 그러니까. 그래서 막 화가 나서 정신을 차리지 못해. 그런 상태로 한을 풀지 못하면 흔히들 말하는 악령이 돼서 사람을 해하고 사고를 치지."

"그렇습니까?"

"응."

웃으며 말을 한 사내가 손을 들어 보였다.

"하지만 여기에 오면 그렇지가 않아. 이렇게 이성을 차리게 되고 모습을 유지할 수가 있지. 게다가 몸에 힘도 생기고 말이야. 그래서 최소한 여기에 있는 동안은 악령이 되지는 않아."

"이 펜션에 귀신들이 나타나 사람들을 홀려 죽게 했다고 하던데요. 그건 악령이 아닙니까?"

"악령은 아니고 그냥 나쁜 귀신들인 거지. 귀신이라고 다 나처럼 말이 통하고 착하라는 법은 없잖아. 그리고 우리들 사이에서는 서로 뭐 하지 마라 착하게 살아라 하는 것 따위는 없거든."

"그럼 사람을 홀린 귀신은 일부라는 말이군요."

"그렇지. 그리고 그런 애들은 펜션 주인이 능력자 불러서 다 퇴치했어."

사내의 말에 잠시 그를 보던 김호철이 입을 열었다.

"일부 귀신이 나쁘고 다른 귀신들은 착하다 해도 사람이 사는 곳에 귀신이 머물면 좋지 않습니다."

"지금은 귀신들이 먼저 머물고 있는데 자네가 와서 살겠다고 하는 것 아닌가? 그럼 자네가 우리와 같이 살 방법을 생각해야지. 다가오면 죽이겠다 협박부터 하는 것은 아닌 것 같지 않나?"

어떻게 들으면 논리 정연했다. 귀신들이 먼저 살고 있던 곳에 김호철이 와서 집을 짓겠다고 하는 것이니 말이다.

하지만······.

"저는 이곳이 마음에 듭니다. 그래서 죄송하지만 여러분과 싸우더라도 이곳에 살아야겠습니다."

"말이 통하는 사람인 줄 알고 나왔는데……."

잠시 김호철을 보던 사내가 데스 나이트를 바라보았다.

"데스 나이트만 믿고 이렇게 강하게 나오는 건가?"

말이 없는 김호철을 보던 사내가 피식 웃으며 얼굴에 손을 가져다 댔다.

스윽!

"소설에서 보면 데스 나이트가 명망 있고 강한 기사가 한을 품고 죽으면 되는 거라지?"

사내가 슬쩍 얼굴을 가린 손가락 사이로 김호철을 바라보았다.

"그럼 명망 있고 강한 능력자가 한을 품고 죽으면 뭐가 될까?"

"네?"

김호철이 의아한 듯 그를 볼 때 사내의 가린 손 사이에서 검은 기운이 맺히기 시작했다.

화아악!

검은 기운이 순식간에 사내의 전신으로 퍼져 나갔다.

화아악! 펄럭! 펄럭!

사내의 옷이 바뀌었다. 방금 전까지 정장 차림이었다면 지금은…… 검은 도포와 삿갓을 쓴…….

'저승사자?'

한국 사람이라면 귀신 나오는 드라마를 본 사람이라면 누구나 봤을 저승사자의 복장을 사내가 하고 있는 것이다.

놀라 바라보는 김호철을 보며 사내가 미소를 지었다.

"인황사자라고 한다는데, 들어본 적 있어?"

사내의 말에 김호철이 뭐라 반응을 하기도 전 데스 나이트가 김호철의 앞에 섰다.

쿵!

묵직한 발걸음과 함께 자신을 막아서는 데스 나이트의 모습에 김호철의 얼굴에 이제야 긴장감이 어렸다.

데스 나이트가 자신의 앞을 막았다는 것은 인황사자가 위협이 된다고 인식했다는 뜻이다.

'한국 귀신 중 데스 나이트급이라는 건가?'

인황사자를 잠시 보던 김호철이 입을 열었다.

"그래서, 물러나지 못하시겠다는 겁니까?"

"당연하지. 이렇게 살기 좋은 곳을 어떻게 떠나나?"

그러고는 인황사자가 얼굴에 손을 가져갔다.

화아악!

인황사자의 전신에서 흐르던 검은 기운이 순식간에 손바닥으로 모이며 사라졌다.

화아악!

그와 함께 도포와 삿갓도 사라지고 정장으로 복장을 바꾼 사내가 김호철을 보며 말했다.

"그리고 혹시라도 내가 이곳을 떠났다가 악령이라도 되면 어떻게 할 텐가?"

"악령? 당신 같은 분도 악령이 됩니까?"

"귀신이 된 순간 이미 반은 악령인 셈이지. 한이 있어야 귀신이 되니까."

"한을 풀고 승천하시면……."

"하!"

황당하다는 듯 단발마의 웃음을 터뜨린 사내가 김호철을 바라보았다.

"쉽게 풀리겠나?"

사내의 말에 김호철이 고개를 끄덕였다. 쉽게 풀릴 한이었다면 한이라고도 불리지 않을 것이다.

그런 김호철을 보며 사내가 입을 열었다.

"나 같은 놈이 이곳을 떠났다가 악령이 된다면…… 아주 끔찍한 일이 될 거야. 사람 백 단위 죽는 것은 일도 아닐걸."

"퇴치당하지 않을 자신이 있으십니까?"

"퇴치당하지 않을 자신은 없지. 능력자 수십 명이 몰려들면 아무리 나라도 될 일이 없으니까. 하지만…… 퇴치당하기 전에 나한테 희생될 사람들은 무슨 죄겠나? 아니, 그 전에 나뿐만 아니라 이곳에 살고 있는 귀신이 모두 밖으로 나가게 되면 어떻게 될 것 같아?"

말을 하지 않는 김호철을 보며 사내가 웃으며 말했다.

"그거 자네가 책임질 건가?"

김호철은 말을 할 수 없었다. 그런 김호철을 보며 사내가 다시 말했다.

"그리고 자네 하나 때문에 여기 사는 귀신들이 이곳을 떠날 거라고 너무 자신하지 말게. 이곳 혈에서 흐르는 기운 처먹으면서 살아온 놈은 나 하나가 아니니까."

"당신과 같은 사…… 아니, 귀신이 더 있습니까?"

"그럼 경기도에서 죽은 능력자 중 억울한 놈이 나 하나라 생각하나?"

사내의 말에 김호철이 고개를 끄덕였다. 김호철은 자신이 일을 너무 쉽게 생각을 했음을 알았다.

사내의 말에 따르면 이곳은 경치 좋은 곳이 아니라 호랑이 소굴이나 마찬가지였다.

그것도 칼이 긴장할 만큼 강한 귀신들로 가득한…….

자신의 말을 이해한 듯한 김호철을 보며 사내가 웃으며 말했다.

"그래도 너무 긴장하지 마. 다들 착한 귀신이라 건들지 않으면 얌전하니까."

사내의 말에 김호철이 한숨을 쉬었다.

'아무래도 여기서 사는 것은 무리겠구나.'

속으로 중얼거린 김호철이 입을 열었다.

"여기서 사는 건 포기해야겠군요."

"그냥 살지?"

"네?"

"그냥 살아. 서로 터치 안 하는 선에서 살면 이웃사촌도 되고 좋지 않겠어?"

"제가 살면 불편하지 않겠습니까?"

"말 통하는 사람이 살면 좋지. 우리를 귀찮게도 안 할 테고……."

사내의 말에 김호철이 고개를 저었다.

"귀신과 같이 살 생각은 없습니다."

김호철의 말에 사내가 아쉽다는 듯 그를 바라보았다.

"그냥 사지그래? 귀신이 있어서 그렇지, 경치부터 여기처럼 좋은 곳이 없어. 아마 귀신 없었으면…… 지금 가격으로는 턱도 없지."

"땅값 떨어뜨린 귀신이 그런 말을 하니 조금 이상하군요."

"그런가? 하하하! 하지만 매물이 워낙 좋아야 말이지."

"내가 이 땅을 사기를 원하는 겁니까?"

"응."

"왜?"

"가끔씩 이 땅 주인이 능력자를 보내는데…… 귀찮은 일이지. 하지만 네가 이 땅 주인이면 최소한 다른 능력자들이 와서 귀찮게 하지는 않을 것 아닌가?"

기분 좋게 웃은 사내가 힐끗 고개를 옆으로 돌렸다.

"아가씨가 심심했나 보군."

사내의 말에 김호철이 뒤를 돌아보니 언제 왔는지 고윤희가 날카로운 눈으로 그 뒤에 와 있었다.

"쓸데없는 소리 하지 말고…… 한 가지만 묻겠어."

"나한테?"

의아한 듯 고윤희를 보던 사내가 웃으며 고개를 저었다.

"내가 귀신이기는 한데 연애 점이나 복사 같은 것은 할 줄 몰라. 그런 복사는 처녀 귀신하고 동자 귀신이 잘 보는데. 어떻게, 불러줄까?"

사내의 농에 고윤희가 고개를 젓고는 입을 열었다.

"경기도 인근 귀신들이 여기에 홀린다는 것 어느 정도 신빙성이 있는 거지?"

"그건 왜?"

"얼마 전 서울에서 일본 능력자 하나가 죽었는데 혹시 이곳에 왔나?"

고윤희가 말을 한 일본 능력자는 일전에 이규대 사무실에서 죽은 자를 이르는 말이다. 그에 김호철이 사내를 바라보았다.

"있습니까?"

"흠……."

김호철의 물음에 사내가 팔짱을 끼며 그와 고윤희를 바라
보았다.

"왜 묻지?"

"있습니까? 없습니까?"

간절한 김호철의 물음에 사내가 잠시 말이 없다가 입을 열
었다.

"한을 품고 죽어 귀신이 되었다면 이곳에 올 확률이 크기
는 하지. 마나에 대한 향기를 느끼는 건 일반 귀신보다 능력
자 귀신이 조금 더 민감하니까."

"불러주십시오. 만나야 합니다."

김호철의 말에 사내가 고개를 저었다.

"있을 수도 있다는 거지. 있다는 말은 아니었는데? 그리고
귀신도 아무나 하는 것이 아니야. 한이 있어야지, 한(恨)."

사내의 말에 김호철이 고개를 끄덕였다.

"그자…… 분명 한을 가지고 죽었습니다."

"그걸 자네가 어떻게 아나?"

"……자신의 동료들에게 총을 맞아 죽었으니까요."

자신 같으면 죽어서도 눈을 감지 못할 것 같았다. 자신의

동료에게 총을 맞아 죽었으니 말이다.

"흠……."

잠시 말이 없던 사내가 김호철과 고윤희를 보다가 입을 열었다.

"일단 알아는 보지."

"있습니까?"

"알아본다고만 말을 한 것 같은데……."

사내의 말에 김호철이 입술을 깨물었다. 그리고 그가 입을 열려고 할 때 고윤희가 입을 열었다.

"아까 귀신들끼리 서로 이래라저래라하지 않는다고 했던 것 같은데?"

"젊은 아가씨가 귀가 아주 밝구만…… 아! 젊으니까 밝은 건가?"

웃으며 고윤희를 보던 사내가 말했다.

"그래서?"

"그 일본 귀신과 우리 일을 왜 당신이 간섭하는 거지?

고윤희의 말에 사내가 슬쩍 김호철을 향해 속삭였다.

"아가씨 성격이 좀 있네. 힘 좀 들겠어."

"으득!"

작게 속삭인다 했지만 무공을 익힌 고윤희의 귀를 속일 수는 없었다.

이를 깨무는 고윤희의 모습에 이크 하는 표정으로 뒤로 살짝 물러났던 사내가 웃으며 말했다.

"그럼 그쪽 아가씨가 알아서 찾으면 되겠네. 내가 그 일본 귀신을 찾는 것도 그에 대한 간섭이라 할 수 있으니까. 그렇지?"

사내의 말에 고윤희가 눈을 찡그렸다. 하지만 김호철은 생각이 달랐다.

"그 말이 맞군요. 내가 직접 찾아 그를 만나면 아무런 문제가 없겠군요."

"직접 찾을 수 있다면 그렇겠지. 훗!"

어떻게 찾을 거냐는 듯 바라보는 사내를 보며 김호철이 앞에 있는 데스 나이트의 어깨에 손을 올렸다.

"합체."

화아악!

검은 연기가 되어 몸을 감싸는 데스 나이트와 함께 김호철의 몸에 갑옷이 생겨났다.

데스 나이트와 합체한 김호철은 보이지 않던 것을 볼 수 있었다. 주위에는 다양한 복장을 한 사람들이 있었다. 데스 나이트와 합체를 하자 이때까지 보이지 않던 귀신들이 보이고 있는 것이다.

하지만 사내와 달리 멀찍이 떨어져 있었다. 아마도 사내와 달리 멀리 있는 귀신들은 데스 나이트의 기운을 견디기 힘든 모양이었다.

귀신들을 보던 김호철이 고윤희를 힐끗 바라보았다.

"혼자 괜찮으시겠습니까?"

"다녀와."

말과 함께 고윤희가 원피스 밑단을 찢었다.

좌아악!

원피스 밑단을 찢어낸 고윤희가 그것을 손에 쥐었다.

화아악!

천에 내공을 불어 넣자 천 조각이 빳빳하게 서기 시작했다.

천 조각에 내공을 넣어 마치 검처럼 만들어 쥔 고윤희가 그것을 허공에 강하게 휘둘렀다.

사악!

마치 날카로운 검으로 허공을 베는 것 같은 소리와 함께 검풍 한 가닥이 쏘아져 나갔다.

서걱!

나뭇가지 하나를 그대로 잘라내 버리는 검풍에 사내가 손뼉을 쳤다.

짝짝짝!

"대단한 실력이군."

사내의 감탄을 귓등으로 흘린 고윤희가 김호철에게 눈짓을 주었다. 그러자 고개를 끄덕인 김호철이 숨을 고르며 정신을 집중했다.

"칼."

–칼 폰 루이스.

묵직한 음성으로 답을 하는 칼을 느끼며 김호철이 이규대 사무실에서 죽은 일본인을 생각했다.

시간이 지났고 자신을 등 뒤에 잡고 있었기에 그 모습이 정확하게는 떠오르지 않았다.

하지만 한 가지 확실한 것은 있었다.

'덩치……. 그만한 덩치라면 아무리 많은 귀신 사이에 있어도 찾을 수 있을 거다.'

큰 덩치를 떠올리며 그 모습을 이미지화하자 곧 김호철은 얼굴은 희뿌연 거구의 사내를 떠올릴 수 있었다.

"칼, 이놈을 찾을 수 있겠어?"

김호철의 말에 잠시 답이 없던 칼이 땅을 박찼다.

파앗!

–칼 폰 루이스!

칼은 빠르게 저수지가 있는 곳으로 내달리기 시작했다.

그 모습에 사내가 작게 혀를 차고는 고윤희를 바라보았다.

"데스 나이트와 합체라……. 내가 살아 있을 적에는 본 적

없었는데, 요즘은 저런 것이 흔한가?"

"저런 것이 아니라…… 김호철이다."

"후! 김호철이라……. 그러고 보니 이름도 이제야 들었군."

웃으며 고윤희를 본 사내가 손으로 얼굴을 가렸다.

화아악!

손에서 뿜어진 검은 기운을 온몸에 두르는 것과 함께 검은 도포를 입은 인황사자로 변한 사내의 몸이 미끄러지듯이 후진을 하기 시작했다.

스으으윽!

순식간에 김호철이 사라진 곳으로 미끄러져 가는 인황사자의 모습에 고윤희가 침을 삼켰다.

'귀신은 귀신이라는 건가?'

속으로 중얼거린 고윤희가 잠시 생각을 하다가 김호철이 달려간 방향으로 땅을 박찼다.

파앗!

"건방지게 누가 누굴 걱정해."

4장
일본 귀신을 만나다

파앗!

땅에 내려선 김호철이 주위를 둘러보았다. 주위에는 스물 정도의 귀신이 모여 사람처럼 이야기를 나누고 있었다.

"뭐…… 뭐야!"

"도망쳐!"

"괴물이다!"

데스 나이트와 하나가 된 김호철을 보며 놀라 사방으로 흩어지는 귀신들의 모습은 몬스터를 만난 산 사람들과 별반 다르지 않았다.

'귀신이라는 것 빼고는 진짜 사람하고 다를 바가 없네.'

속으로 중얼거리던 김호철의 몸이 다시 땅을 박찼다. 이곳에 찾는 일본인이 없음을 알고 칼이 다른 곳으로 움직인 것이다.

파앗!

지금 데스 나이트는 귀신들이 몰려 있는 장소을 찾아 김호철을 데려가고 있었다.

그렇게 칼의 인도를 받으며 김호철은 귀신들이 몰려 있는 곳 몇 곳을 더 발견할 수 있었다.

그리고 김호철은 속으로 조금 놀라고 있었다. 이때까지 그가 본 귀신 무리만 열이 넘었고 그 수를 합하면 이백이 넘을 것 같았다.

'귀신이 많다고 하더니…… 이거 대체 얼마나 더 있는 거야?'

그런 생각을 하며 내달리던 김호철의 눈에 커다란 나무 한 그루가 보였다.

그리고…… 그 앞에 모여 있는 수많은 귀신 사이로 불쑥 솟아 있는 머리 하나가 보였다.

귀신들 사이로 불쑥 솟아 있는 머리의 주인의 덩치를 본 김호철은 그가 자신이 찾는 일본 놈이라는 것을 알 수 있었다.

'찾았다!'

파앗!

땅을 강하게 박차며 나무를 향해 빠르게 다가가자 귀신들이 사방으로 흩어지기 시작했다.

"몬스터다!"

"몬스터가 나타났다."

자신을 보며 도망가는 귀신들과 달리 일본 놈은 무심한 눈으로 그를 보고 있었다.

'나를 알아봤구나.'

그런 생각과 함께 일본인의 앞에 김호철이 내려섰다. 하지만 너무 가까이 가지는 않았다. 혹여 데스 나이트의 기운에 일본인의 영이 흩어져 버리기라도 하면 곤란하니 말이다.

탓!

가볍게 땅에 내려선 김호철이 일본인을 바라보았다.

"내 동생…… 어디 있어?"

김호철의 말에 일본인이 그를 말없이 바라보았다.

"오빠!"

그런 일본인에게 다시 말을 걸려던 김호철의 귀에 처녀 귀신의 목소리가 들려왔다.

그에 김호철이 옆을 보니 처녀 귀신이 그에게 뛰어오고 있었다.

타타탓!

빠르게 김호철에게 다가온 처녀 귀신이 웃었다.

"오빠, 저 찾아온 거예요?"

"저자에게 급한 볼일이 있다. 귀찮게 하지 마."

입술을 삐죽거리는 처녀 귀신에게 고개를 돌려 일본인을 본 김호철이 말했다.

"내 동생 어딨냐고!"

김호철의 고함에도 일본인이 멍하니 그를 보다가 웃었다.

"아…… 그 한국 놈이군."

자신을 알아본 것이 분명한데 이제야 알아봤다는 듯 자신을 격동시키는 일본인의 행동에 김호철이 그를 노려보았다.

"이 새끼가……."

탓!

한 발 크게 내딛자 일본인의 몸이 흔들렸다. 그리고 고통스러운 듯 얼굴이 굳어지자 처녀 귀신이 급히 김호철의 몸을 잡았다.

"저 아저씨는 온 지 얼마 안 돼서 영이 약해요. 더 가면 소멸되어 버릴 거예요."

처녀 귀신의 말에 김호철이 입술을 깨물며 뒤로 물러났다. 그러자 일본인의 흔들리던 몸이 멈췄다.

"크크크! 이거…… 어쩐다? 마음 같아서는 나를 고문해서라도 내 입을 열고 싶을 텐데 가까이 다가오지도 못하는군."

일본인의 말에 김호철의 얼굴이 굳어졌다. 그 말대로 마음 같아서는 저 귀신 놈을 잡아 때려 버리고 싶었다.

하지만 다가가는 것만으로 소멸되어 버린다. 어렵게 잡은 동생에 대한 단서를 잃어버릴 수는 없었다.

'어떻게 하지?'

김호철이 난감한 눈으로 일본인을 볼 때 그가 앞으로 한 발 크게 내디뎠다.

쿵!

묵직한 소리와 함께 다가오는 일본인의 얼굴이 일그러지는 것을 본 김호철이 급히 뒤로 물러났다.

"크크크!"

그런 자신을 재밌다는 듯 보는 일본인의 모습에 김호철의 얼굴이 굳어졌다.

"개시발 새끼……."

작은 중얼거림과 함께 김호철이 자신을 보는 일본인, 아니, 일본 놈을 향해 한 걸음 내디뎠다.

쿵!

묵직한 걸음에 일본인의 얼굴이 일그러졌다.

"크으윽!"

고통스러운 얼굴로 자신을 노려보는 일본인을 보며 김호철이 입을 열었다.

"그나마 다행이군. 죽어서도 고통을 느끼니까."

"크윽! 해보자는 거냐."

두 눈을 치켜뜨며 일본인이 강하게 한 발 앞으로 내디뎠다. 하지만 그보다 먼저 김호철의 다리가 한 발 더 나아갔다.

"크윽!"

신음을 흘리며 앞으로 내디디려던 일본인의 다리가 뒤로 향했다.

주춤!

"와봐, 이 개새끼야."

다시 한 발 더 앞으로 내딛자 일본인의 몸이 눈에 띄게 흔들리기 시작했다.

그리고…….

화아악!

일본인의 머리 모양이 바뀌었다. 이마에는 구멍이 뚫려 있고 거기서는 피가 줄줄 흘러내리기 시작했다.

"오빠! 본체가 나타났어요. 더 다가가면 진짜 소멸당해요."

어느새 옆에 다가와 자신의 팔을 끄는 처녀 귀신의 모습에 김호철이 일본인을 바라보았다.

'본체……? 죽었을 때의 모습을 말하는 건가?'

일본 놈이 죽었을 때 딱 저런 모습이었다. 그것을 떠올린 김호철이 그 자리에서 더 움직이지 않고 일본인을 향해 말했다.

"고통스럽나?"

김호철의 말에 일본인이 그를 쏘아보았다.

"크크크……."

그저 웃음만을 흘리는 일본인의 모습에 김호철이 입술을 깨물었다.

"으드득!"

결코 말하지 않을 생각이라면 더 어떻게 할 방법이 없다.

잠시 일본인을 보던 김호철이 입을 열었다.

"말하지 않겠다면…… 그냥 죽어라."

김호철이 한 발 강하게 내디디려는 순간 처녀 귀신이 그의 몸을 뒤에서 껴안았다.

"오빠! 하지 말아요!"

자신을 막는 처녀 귀신의 행동에 김호철이 멈추고는 그녀를 돌아보았다.

"너……."

자신을 보는 김호철을 보며 처녀 귀신이 눈물이 글썽한 눈으로 그를 올려다보았다.

"귀신이 됐다는 건…… 한을 가지고 있다는 거예요. 오빠가 왜 이러는지 모르겠지만…… 저 아저씨도 불쌍한 귀신이에요."

처녀 귀신의 말에 잠시 그녀를 보던 김호철이 입을 열

었다.

"난 여동생이 있다. 그리고 그 여동생의 행방을 저 일본 놈이 알고 있어."

"여동생?"

"여동생의 행방을 말하지 않겠다면……."

김호철이 일본 놈을 바라보았다. 일본 놈의 영체는 사시나무 떨듯 떨리고 있었다.

"저놈을 소멸시킬 거야."

김호철의 말에 처녀 귀신이 일본 놈을 바라보았다.

"이치로 아저씨, 오빠 동생이 어디에 있는지 말해주세요!"

"말할…… 수 없다."

"죽으면 산 사람들과의 연도 다 끊기는 거예요. 죽어서까지 말 못 할 이유가 뭐가 있어요!"

처녀 귀신의 말에 일본 놈, 아니, 이치로라 불린 귀신이 그저 고개를 저을 뿐이었다.

그런 이치로의 모습에 김호철이 입술을 깨물었다.

'제발…… 소멸되기 전에 말해라. 아니면…… 진짜 소멸된다.'

이치로가 걱정이 돼서? 아니다. 이치로가 소멸되면 동생에 대한 단서가 사라진다.

하지만 여기서 머뭇거릴 수도 없다. 머뭇거리는 순간 이치로는 김호철의 위협에도 웃을 것이다.

그에 이치로를 보던 김호철이 다시 강하게 발을 내디뎠다.

쿵!

"오빠!"

김호철이 다시 발을 내딛자 이치로가 아닌 처녀 귀신이 비명을 질렀다.

"물러나!"

고함을 지른 김호철이 이치로를 바라보았다. 이치로는 고통이 심한 듯 이제는 주저앉아 있었다.

그 모습에 김호철이 다시 소리를 질렀다.

"내 동생 어디 있어!"

"신의 아이……."

"신의 아이? 그건 뭐야?"

"오빠! 뒤로 가요!"

버럭 고함을 지른 처녀 귀신이 잡아당기는 것에 김호철이 그녀를 힐끗 바라보았다.

"물러나!"

고함을 지르는 김호철의 모습에 처녀 귀신이 그를 보다가 획 하고 돌아서는 이치로에게 달려갔다.

"아저씨, 이리 와요! 이리!"

이치로를 잡고 뒤로 주춤거리며 끌고 가는 처녀 귀신의 모습에 김호철이 눈을 찡그렸다.

김호철이 처녀 귀신을 볼 때 이치로의 앞에 모습을 드러난 인황사자가 혀를 찼다.

"쯔쯔쯔! 지선아, 뭐 하는 거냐?"

"이치로 아저씨가……."

"놔둬. 지가 자초한 일이다."

"하지만……."

"서로 관여하지 않고 그냥 사는 것이 여기 귀신들의 법이다."

"인황사자 님, 좀 도와주세요."

"서로 관여하지 않는 것이……."

"도와 달라고요!"

버럭 고함을 지르는 처녀 귀신 지선의 모습에 인황사자가 한숨을 쉬고는 김호철을 바라보았다.

"이거 참…… 지선이 무서워서 어디 살겠나. 좀 뒤로 가지?"

인황사자의 말에 김호철이 이치로를 잠시 보다가 뒤로 두 발 물러났다.

화아악!

그러자 이때까지 흔들리던 이치로의 몸이 진정되었다.

"크으윽!"

이치로가 신음을 흘리는 사이 김호철의 옆에 고윤희가 내려섰다.

탓!

"찾았……."

김호철의 옆에 섰던 고윤희가 처녀 귀신을 보고는 얼굴이 굳어졌다.

그리고 그런 고윤희의 모습에 처녀 귀신이 급히 손을 비비며 고개를 숙였다.

"죄송해요. 다시는 안 그럴게요. 죄송해요."

손을 싹싹 비비는 처녀 귀신을 보던 고윤희가 한숨을 쉬며 고개를 저었다.

"다시 그러면 정말 죽인다."

"그럼…… 용서해 주시는 거예요?"

"용서는 개뿔!"

버럭 고함을 지르는 고윤희의 모습에 처녀 귀신이 고개를 숙였다.

그 모습을 한숨을 쉬며 본 고윤희가 김호철을 바라보았다.

"그 일본 놈은 찾았어?"

"처녀 귀신 옆에 있습니다."

김호철의 말에 고윤희가 처녀 귀신 옆을 지긋이 바라보았다. 모습은 보이지 않았지만 귀기는 느껴졌다.

"말해?"

고윤희의 말에 김호철이 고개를 저었다.

"그럼 여기서 뭐 해? 조져."

고윤희가 처녀 귀신이 있는 곳으로 걸음을 옮기자 처녀 귀신이 급히 앞을 막았다.

"이치로 아저씨, 착한 분이에요."

"착하기는 개뿔……. 착한 놈이 남의 동생 잡아다가 숨겨 놓고 서로 만나지도 못하게 하냐?"

"그건…… 제가 물어볼게요."

"네가?"

"네, 저랑 친하니까. 제가 물어보면 알려주실 거예요."

처녀 귀신의 말에 고윤희가 김호철을 보자 그가 고개를 끄덕였다.

그 모습에 처녀 귀신이 이치로를 부축하며 나무가 있는 곳으로 걸어갔다.

스윽!

슬며시 다가온 인황사자가 입을 열었다.

"이치로하고 무슨 관계야?"

"서로 간섭하지 않는다 하지 않았습니까?"

"그래도 궁금하기는 하니까."

인황사자의 말에 그를 보던 김호철이 말없이 처녀 귀신과 함께 있는 이치로를 바라보았다.

그리고 잠시 있자 처녀 귀신이 이치로와 함께 돌아왔다.

"아저씨가 해줄 말이 있대요."

처녀 귀신의 말에 김호철이 이치로를 바라보았다. 그런 김호철의 시선을 받으며 이치로가 입을 열었다.

"신의 아이는 본교에서 최고의 교육과 생활을 하고 있다. 걱정하지 않아도 좋다."

이치로의 말에 김호철의 얼굴이 일그러졌다.

"그게…… 나한테 해줄 말 전부?"

김호철의 말에 이치로가 고개를 끄덕이려 하자 처녀 귀신이 급히 그 손을 잡았다.

"아저씨……."

처녀 귀신의 간절한 목소리에 이치로가 그녀를 보다가 한숨을 쉬며 김호철을 바라보았다.

"신의 아이를 만나고 싶다면…… 강해져라."

"전에 너와 함께 있던 자도 나에게 그런 말을 했었다. 내가 강해지면 뭐가 달라지는 거지?"

"신의 아이를 지킬 수 있느냐 없느냐다."

"신의 아이가 대체 뭐지?"

"이십 년 전 게이트가 처음 열리는 날 태어난 아이들 중 신의 가호를 받은 아이들을 말한다."

"신의 가호?"

그게 무슨 말인가 싶어 고개를 갸웃거리는 김호철에게 고윤희가 슬며시 말했다.

"아무래도 신의 아이들이라는 게 마리아처럼 태어날 때부터 마나를 가지고 있는 애들을 말하는 것 같은데."

고개를 끄덕인 김호철이 이치로를 바라보았다.

"난 이미 충분히 강하다."

김호철의 말에 이치로가 그를 바라보았다. 아무 말 없는 이치로의 행동에 처녀 귀신이 슬쩍 그를 바라보았다.

"아저씨……."

처녀 귀신의 말에 이치로가 잠시 고민을 하다가 입을 열었다.

"그렇게 생각한다면…… 일본 천공산에 가라. 단…… 혼자 가야 한다."

"천공산?"

"네가 살아남는다면 동생을 만날 수 있을 것이다."

잠시 천공산이라는 지명을 속으로 되새긴 김호철의 눈이 반짝였다.

'반드시…… 살아남는다.'

펄럭! 펄럭!

김호철은 가고일을 탄 채 하늘을 날고 있었다.

휘이익! 휘이익!

차가운 밤바람이 날카롭게 부는 하늘에서 몸을 웅크리고 있던 김호철의 눈에 육지가 보이기 시작했다.

불빛으로 반짝이는 도시의 야경을 보던 김호철이 입술을 깨물었다.

"일본……."

김호철은 가고일을 타고 바다를 건너 일본에 도착한 것이다. 잠시 일본의 도시 야경을 보던 김호철이 가고일을 툭 쳤다.

"더 빠르게."

김호철의 말에 가고일이 날개를 더욱 강하게 펄럭이기 시작했다.

김호철은 나가사키의 한 카페 입구에 서 있었다. 굳은 얼굴로 카페에 등을 대고 서 있는 김호철의 모습은 무척 심각해 보였다.

[천공산]

굳은 얼굴로 김호철은 핸드폰에 표시된 천공산이라는 지

명을 보고 있었다.

아무리 동생을 찾고 싶은 마음이 앞선다고 해도 김호철이 바보는 아니다. 무턱대고 천공산이라는 곳으로 달려갈 정도로 멍청한 것은 아니었다.

그래서 천공산에 대해 조사를 했다.

하지만 문제는 일본어였다. 일본에서도 핸드폰으로 인터넷이 가능하니 천공산을 검색하면 그에 대한 것이 나오기는 한다. 하지만 그에 대해 나오는 것이 일본어이니 김호철로서는 무슨 말인지 알 수 없는 것이다.

해서 고민을 한 김호철은 한 가지 생각을 했다. 일본에 유학을 온 한국인들이 있을 터…….

그래서 일본 유학생들이 가는 커뮤니티에 아르바이트 게시글을 올렸다. 나가사키 인근 대학에 있는 학생 중 간단한 인터넷 조사와 번역과 통역을 해줄 사람을 구한다는. 하루 일당 백만 원을 걸고 말이다.

그 게시글을 본 학생들은 처음에는 장난인 줄 알고 욕을 했다. 아무리 일반 아르바이트가 아닌 통역 기술이 필요한 일이라고 해도 하루 일당 백만 원이라니…….

하지만 그 밑에 김호철이 능력자 자격증을 찍어 인증샷을 올리자 반응은 바뀌었다.

능력자가 돈을 많이 번다는 것은 누구나 아는 일. 그리고 능력자 자격증을 인증까지 한 이상 이 알바글이 장난 아닐 것이라 생각을 한 것이다.

순식간에 서로 하겠다는 댓글이 달렸고 도쿄대학교에서 유학한다는 학생들까지도 댓글을 달았다.

물가 비싼 일본에서 하루 일당 백만 원이면 금수저 물고 유학 온 학생들이 아닌 이상 누구나 혹할 수밖에 없는 알바인 것이다.

그리고 지금 김호철은 자신이 있는 곳에서 가장 가까운 대학에 유학을 온 학생과 여기서 만나기로 했다.

천공산이라 적힌 지명을 보고 있을 때 핸드폰이 진동을 했다.

"여보세요."

-네! 저 그 카페…… 아! 저 여기요!

"여기요!"

핸드폰과 함께 이원으로 들리는 여기요라는 소리에 김호철이 고개를 들었다. 핸드폰을 귀에 댄 한 청년이 황급히 뛰어오고 있었다.

"휴! 제가 좀 늦었습니다."

청년의 말에 김호철이 핸드폰 시간을 바라보았다.

"제가 알아보라고 한 것은?"

"아! 오는 길에 조사하고 번역을 했습니다. 자세한 것은 안에 들어가서 더 작업을 하겠습니다."

청년의 말에 고개를 끄덕인 김호철이 카페 안으로 들어 갔다.

카페 안에 자리를 잡은 청년이 주스 두 잔을 주문하고는 노트북을 꺼냈다.

"프린트를 할 시간이 없어서 보시는 것은 이걸로……."

노트북을 열어 자신이 조사를 한 것을 보여주는 청년에게 고개를 끄덕인 김호철이 모니터를 바라보았다.

모니터에는 산을 찍은 사진이 여러 장 있었고 그 밑에는 한국어가 적혀 있었다.

그런 김호철의 옆자리로 슬쩍 자리를 옮긴 청년이 말했다.

"시간을 좀 더 주시면 제가 더 자세하게 알아보고 보고서 를 작성해 드릴 수 있는데요."

청년의 말에 김호철이 손가락을 들어 조용히 하라는 신호 를 주고는 모니터를 바라보았다.

〈천공산은 산세가 평범하고…….〉

천공산 높이와 산세, 그리고 산에서 자라는 나무들의 종류 와 동식물들에 대한 설명을 빠르게 훑어보던 김호철이 눈을 찡그렸다.

'내가 원하는 건 이런 것이 아닌데…….'

그런 김호철의 시선에 청년이 침을 삼키고는 급히 말했다.

"조사를 한 시간이 얼마 되지 않아서……."

"그런 것이 아니라…… 천공산 사진 같은 것은 더 없습니까?"

"천공산이 그리 유명한 산이 아니라 그런지 인터넷에 사진이 그리 없었습니다."

변명을 하는 청년의 모습에 김호철이 그를 보다가 손가락으로 탁자를 두들겼다.

툭! 툭! 툭!

가볍게 탁자를 손가락으로 두들긴 김호철이 청년을 가만히 바라보았다.

"시간은 많이 못 드립니다."

"알겠습니다."

청년이 노트북을 자신의 앞으로 당기고는 말했다.

"천공산 사진이나 이미지들이 필요하신 것입니까?"

"일단은 그쪽으로 해주십시오."

"알겠습니다. 그런데 알바비는……."

"계좌 부르세요."

청년이 은행 계좌 번호를 말하자 김호철이 핸드폰을 이용해 돈을 입금하고는 말했다.

"주원일 씨, 계좌 확인하세요."

김호철의 말에 청년, 주원일이 웃으며 핸드폰을 바라보았다. 입금과 동시에 돈이 들어왔다는 문자 메시지가 온 것이다.

"열심히 하겠습니다."

"일을 잘하면 일본에 머무는 동안 통역 알바를 부탁하겠습니다."

"통역 알바? 그럼 그 알바비도……."

"일일 백만 원. 일을 잘하시면 끝나는 날 보너스로 더 드릴 수도 있습니다."

"열심히 하겠습니다."

잘만 하면 한 학기 학비를 벌 수 있겠다는 생각에 미소를 지은 주원일이 빠르게 인터넷을 검색하기 시작했다.

모니터에 있는 천공산 사진들을 보는 김호철을 보며 주원일이 설명을 했다.

"여기 있는 사진들은 천공산이 속해 있는 이치루현에 올라 있는 것과 현민들 페이스월드에서 찾은 것입니다."

자신의 말을 듣는지 마는지 사진들을 넘기며 보고 있는 김호철을 향해 주원일이 말을 이었다.

"천공산은 그리 특이한 것은 없지만 한 가지 전설 같은 것이 있습니다."

"전설?"

"원래는 평지였던 곳을 도쿠가와 이에야스가 흙과 돌을 쌓아 산을 만들었다는 것인데. 전설에 의하면 산은 위장이고 그 안에 도쿠가와 이에야스를 위해 일하는 닌자들이 살고 있었다는 것입니다."

"산 안에 마을이 있다는 겁니까?"

"그렇죠. 고문에 의하면 산속이…… 말 그대로 산속이라는 것 같습니다."

"산속? 산 안이 비어 있다는 겁니까?"

"옛날 건축 기술로는 산을 이룰 정도로 많은 토사와 바위들을 지탱하지는 못할 겁니다. 제 생각에는 산 안에 굴을 뚫고 닌자들이 살고 있지 않았나 싶습니다."

'닌자라……. 그럼 신의 아이 어쩌고 하는 교단이 그 닌자들의 후손인가?'

그런 생각을 하던 김호철이 천공산 사진을 바라보았다. 하지만 산의 사진은 그다지 별다를 것이 없었다. 그저 동네 뒷산 같은 산세뿐……. 산이라고 하면 흔히 있을 것이라 생각되는 절이나 그런 것도 하나 없으니 말이다.

잠시 사진을 보던 김호철이 주원일을 바라보았다.

"이 근처에 게이트가 열리는 곳이 있는지 정보를 알아봐

주시겠습니까?"

"게이트요?"

"네."

"잠시만요."

주원일이 자판을 몇 번 두들기고는 잠시 있다가 말했다.

"가깝지는 않은데 우베 쪽에 게이트가 네 시간 후에 열린다고 하네요."

"거리가 얼마 정도입니까?"

"150㎞ 정도?"

주원일의 말에 김호철이 고개를 끄덕이고는 몸을 일으켰다.

"고소공포증 같은 것 있습니까?"

"고소공포증? 그건 왜……."

"날아서 갈 겁니다, 우베에."

"한국에서 일본으로 배 타고 유학을 왔겠습니까."

웃는 주원일을 보며 김호철이 고개를 끄덕였다.

"그럼 갑시다."

김호철의 말에 주원일 노트북을 가방에 집어넣었다.

'능력자가 돈을 많이 번다고 하더니……. 혹시 개인 비행기라도 있나?'

우베까지 비행기를 타고 간다는 말에 그런 생각을 하며 일어나는 주원일을 향해 김호철이 말했다.

"이 건물 옥상으로 올라가는 길을 물어보세요. 옥상에 올라갈 겁니다."

"옥상요?"

고개를 끄덕이는 김호철을 보던 주원일이 점원에게 옥상에 올라가는 방법을 물었다.

옥상에 왜 올라가냐는 점원의 질문에 대충 변명을 한 주원일이 방법을 듣고는 김호철에게 말했다.

"이쪽으로 가시면 됩니다."

주원일이 앞장서서 옥상으로 올라가자 김호철이 그 뒤를 따라 올라갔다.

옥상에 올라온 주원일이 주위를 둘러보고는 말했다.

"그런데 옥상에는 왜……."

파지직! 파지직!

말을 하던 주원일은 뒤에서 전기 튀는 소리가 들리자 고개를 돌렸다.

그리고 주원일의 얼굴이 굳어졌다. 자신의 뒤를 따라 올라온 김호철의 옆에 몬스터 두 마리가 어느새 서 있었던 것이다.

"모…… 몬스터!"

놀라 주춤거리며 뒤로 물러나는 주원일을 향해 김호철이 고개를 저었다.

"내 몬스터니 겁 안 먹어도 됩니다."

그러고는 김호철이 자신이 소환한 가고일 중 하나에 손을 가져다 댔다.

"바위."

그러자 가고일의 몸에서 흐르던 뇌전이 사라지기 시작했다. 전에 건물에서 떨어지는 여자를 구하려다 감전시킨 적이 있는 김호철은 자신이 소환한 몬스터의 뇌전을 없애는 방법도 연습을 해놓았다.

가고일의 몸에서 뇌전이 사라지자 김호철이 주원일을 바라보았다.

"갑시다."

"네? 어딜?"

당황스러운 얼굴의 주원일에게 가고일이 다가갔다.

"헉!"

놀라 주저앉으려는 주원일을 잡은 가고일이 날개를 펄럭이며 하늘로 솟구쳤다.

"우리도 가자."

김호철의 말에 가고일이 그를 잡고는 빠르게 주원일의 뒤를 쫓아 날아올랐다.

펄럭! 펄럭!

5장
천공산 습격

우베의 한 건물의 옥상에 김호철과 주원일이 있었다.

"우엑!"

가고일의 품에 안겨 하늘을 날아오는 것이 힘들었는지 옥상 벽을 잡고 토하고 있는 주원일을 힐끗 본 김호철이 밑을 내려다보았다. 옥상 밑에는 일본의 능력자로 보이는 자들이 삼삼오오 모여 있었다.

밑을 잠시 내려다보던 김호철이 주위를 바라보았다. 근처 건물 옥상에는 빠짐없이 저격수들이 배치되어 있었고 그중 몇은 총구를 김호철에게 향해 있었다. 아직 발포는 하지 않고 있지만 충분히 자신을 경계하고 있는 모습이었다.

그런 군인들을 향해 김호철이 손을 흔들어주었다.

"쏘지 마라."

웃는 얼굴로 군인들을 향해 손을 흔들 때, 옥상 문이 열리며 군인들이 뛰어들어 왔다.

철컥! 철컥!

총구를 들어 올리는 군인들의 모습에 김호철이 가고일을 슬쩍 보고는 말했다.

"내가 소환한 몬스터라고 통역해."

김호철의 말에 군인들의 등장에 양손을 번쩍 치켜들고 있던 주원일이 급히 말했다.

주원일의 통역에 군인들 중 한 명이 앞으로 나왔다.

"간고쿠…… 한국 능력자입니까?"

능숙한 군인의 한국말에 김호철이 그를 바라보았다.

"그렇습니다."

"이번에 출장 오신 한국 능력자분이 아닌 것 같은데……."

"관광차 왔다가 도시에 게이트가 열린다는 소식을 듣고 도울 것이 있을까 해서 왔습니다."

김호철의 말에 군인이 부하들에게 총구를 내리게 하고는 가고일들을 바라보았다.

"몬스터 소환술사군요. 그것도 B급 몬스터 두 기라 큰 도움이 될 것 같습니다."

군인의 목소리에는 호의가 담겨 있었다. 우베는 큰 도

시다. 게이트가 열리고 몬스터가 도시를 파괴하면 큰 물적 손실이다. 그래서 최대한 도시에 피해를 주지 않는 선에서 빠르게 몬스터를 처리해야 한다.

외국 능력자에게 돈을 주고 출장을 부르는 마당에 김호철이 스스로 도와주겠다고 하니 좋은 일이다.

군인이 주머니에서 귀에 꽂는 리시버를 내밀었다.

"귀에 꽂고 계시면 저희 군에 아군 표시가 됩니다. 그리고 리시버 버튼을 누르면 한국 능력자들과 통역이 가능한 저희 군에 연결이 되니 도움이 필요하거나 다치시면 연락하십시오."

리시버를 주고 옥상을 내려가는 군인을 보던 김호철이 리시버를 귀에 꽂았다.

'일본 군대가 체계적이네.'

소양강에서 자국 군인들에게 공격을 당했던 김호철로서는 탐나는 시스템이었다. 이 리시버를 차고 있으면 최소한 일본 군인들에게 공격을 당하지 않을 테니 말이다.

게이트에서 뿜어지는 마나가 강해지는 것으로 보아 곧 열리려는 모양이었다.

그때 김호철의 옆에 슬며시 다가온 주원일이 말했다.

"저는 이만 가 보는 것이⋯⋯."

"여기 계시는 것이 가장 안전합니다."

"하지만……."

게이트가 열리는 곳이 얼마나 위험한지 아는 주원일으로서는 이곳을 벗어나고 싶을 뿐이었다.

불안해하는 주원일의 모습에 김호철이 웨어 라이온을 소환했다.

파지직! 파지직!

"헉!"

웨어 라이온들의 등장에 주원일이 놀라 주저앉았다.

"웨어 라이온 세 마리가 주원일 씨를 지켜줄 겁니다."

"지…… 지켜줘요?"

"걱정하지 마십시오."

그러고는 김호철이 게이트가 열릴 곳을 바라보았다.

화아악! 화아악!

이제 눈에 보이기 시작하는 마나와 함께 김호철은 몸에 충만해져 오는 힘을 느꼈다.

그 힘을 받아들이며 김호철이 입술을 깨물었다.

'최대한 많이 먹고 간다.'

천공산에 가기 전 김호철은 게이트의 힘을 최대한 많이 빨아먹고 갈 생각이었다.

게이트가 열릴 조짐과 함께 기운이 강해지기 시작하자 김호철이 데스 나이트를 뽑아냈다.

파지직!

데스 나이트 소환과 함께 마나가 급격히 줄어들었다. 하지만 그것도 잠시, 뽑혀 나간 마나는 순식간에 회복이 되었다.

"합체."

데스 나이트에 손을 대 합체를 한 김호철이 힐끗 주원일을 바라보았다.

주원일은 몬스터와 합체를 하는 김호철의 모습에 놀란 듯 두 눈이 휘둥그레져 있었다.

"긴장하지 말고 있어요."

"꿀꺽!"

침을 삼키는 주원일을 잠시 본 김호철이 다시 데스 나이트를 뽑아냈다.

파지직!

칠흑같이 어두운 데스 나이트가 형성이 되는 것과 함께 김호철이 숨을 크게 몰아쉬었다.

칼은 합체하고 다니엘까지 꺼낸 김호철이 마나가 차오르기를 기다렸다.

마나가 몸을 터질 듯 차오르자 김호철이 해머와 창을 만들어냈다.

화아악!

김호철의 손에는 거대한 해머가 모습을 드러냈고, 데스 나이트 다니엘의 손에는 창이 나타났다.

한 번에 데스 나이트의 무기 두 개를 만들어내자 마나가 확 빠져나갔다.

하지만 빠져나가는 것보다 들어오는 마나의 양이 압도적으로 많았다.

"크으윽!"

몸이 터질 것 같은 고통에 신음을 흘리던 김호철이 정신을 집중했다.

'뱉어내면 안 된다. 최대한 끌어모아야 해.'

화아악! 화아악!

몸 안에 마나가 가득 들어차기 시작하자 김호철의 머릿속에 수십 개의 울림이 들려왔다.

─나를 꺼내줘…….

─나를…….

─깨워줘…….

마나가 가득 차오르는 것에 김호철 몸 안에 있는 몬스터들이 나가고 싶다 울음을 토하고 있는 것이다.

하지만 김호철은 그들을 꺼낼 생각이 없었다. 아니…….

'지금은 아니다. 조금만 기다려라.'

입술을 깨물며 몬스터들에게 속삭인 김호철이 숨을 크게 들이마셨다.

"흡!"

숨을 크게 들이마시고 뱉으며 마나를 깊숙이 끌어들이던 김호철의 귀에 총소리가 들려왔다.

타타타탕! 타탕!

총소리와 함께 몸에 들어오는 마나가 확 줄어들기 시작한 것을 느낀 김호철이 눈을 떴다. 밑을 보니 어느새 열린 게이트를 통해 몬스터들이 쏟아져 나오고 있었다. 방금 들은 총소리는 몬스터들에게 저격수들이 총알을 쏟아내는 소리였다.

그것을 보던 김호철이 주먹을 움켜쥐었다.

파지직! 파지직!

김호철의 몸 안에 충만한 마나에 의해 저절로 뇌전이 흘러나오기 시작했다.

"후우!"

깊게 숨을 내쉰 김호철이 귀에 꽂고 있던 리시버를 벗어 옥상 난간 위에 올려놓았다.

"갑시다."

김호철의 말에 주원일이 두려운 눈으로 그를 바라보았다. 지금 김호철의 모습은 데스 나이트 그 자체……. 사람인 것을 알지만 무서운 것이다.

"어…… 어디를?"

"천공산."

말과 함께 김호철이 가고일 한 마리를 더 뽑아냈다.

화아악!

"가자."

김호철의 말에 가고일들이 김호철과 주원일, 그리고 멍하니 서 있는 다니엘을 안아 들었다.

게이트에 온 목적은 데스 나이트 두 기를 뽑고 무기를 들게 한 후 최대한 마나를 흡수하는 것. 목적이 달성됐으니 더이상 이곳에 있을 필요가 없었다.

펄럭! 펄럭!

김호철들을 안은 가고일이 빠르게 서쪽으로 날아가기 시작했다.

천공산으로 향하면서 김호철과 주원일은 중간중간에 인적이 없는 곳을 찾아 땅에 내렸다.

쉬어가려는 의도보다는 하늘 높이 날면 전파가 잡히지 않아 GPS가 되지 않는다. 때문에 위치 확인을 하기 위해 땅에 내려서야 했던 것이다.

"하아! 하아!"

거친 숨을 몰아쉬는 주원일의 모습에 김호철이 그를 바라보았다.

"견딜 만합니까?"

김호철의 물음에 주원일이 침을 질질 흘리며 그를 올려다보았다.

"하아! 하아!"

거친 숨만을 몰아쉬는 주원일의 눈동자에서는 이제 그만하자는 빛이 떠올라 있었다.

'돈도 좋지만…… 이건 아닌 것 같아.'

주원일의 생각을 느낄 수 있는 김호철이 핸드폰을 만지작거렸다.

띵동!

핸드폰에서 문자 알람음이 울리자 주원일이 문자를 확인하고는 놀라 김호철을 바라보았다.

"이건?"

방금 울린 문자 알람음은 그의 통장에 이백만 원이 들어왔음을 알리는 것이었다.

"보너스라 생각을 하십시오."

김호철의 말에 주원일이 자리에서 벌떡 일어났다.

"대한민국 예비역, 이 정도로 쓰러지지 않습니다. 견딜 만합니다."

이백만 원이라는 보너스에 화색이 도는 주원일을 보며 김호철이 한숨을 쉬었다.

"일본 생활이 쉽지 않은 모양입니다."

사실 가고일을 타고 하늘을 나는 것은 쉬운 일이 아니다. 아무런 보호 장비도 없이 거센 바람에 맨몸으로 노출이 되는 것이니 말이다.

게다가 난기류라도 만나면 아무리 가고일의 품에 안겨 있다 해도 거칠게 흔들리게 마련이다. 가고일이 단단히 잡고 있다 해도 떨어질 것 같은 공포는 어쩔 수 없는 것이다.

그런데도 이백만 원에 저렇게 혈색이 도는 것을 보니 돈이 필요한 모양이었다.

김호철의 말에 주원일이 웃었다.

"타지 생활인데 안 힘든 것이 더 이상한 것 아닙니까?"

"나이가 어떻게 되십니까?"

"스물여섯입니다."

"나랑 동갑이군요."

"그렇습니까?"

웃으며 친구하자고 할까 하는 생각을 하는 주원일을 보며 김호철이 핸드폰을 잠시 보다가 입을 열었다.

"지금 천공산에 제가 뭐 하러 가는 줄 아십니까?"

김호철의 물음에 주원일의 얼굴이 살짝 굳어졌다. 이렇게 몬스터들을 끌고 가는 것을 보면 위험한 일을 하려고 가는 것이 아닐까 짐작이 된 것이다.

그런 주원일을 보며 김호철이 말했다.

"주원일 씨를 데리고 가는 것은 일본 사람들과 통역이 필요해서입니다. 하지만…… 주원일 씨에게 위험한 일이 될 수도 있습니다."

"그럼……."

"그래서 한 가지 제안을 하려 합니다."

"어떤?"

"여기서 기다리다가 제 전화가 오면 받고 주변에서 들리는 일본어들을 통역해서 말해주시면 됩니다. 그러다 혹시 전화가 끊기거나 하면…… 집으로 돌아가시면 됩니다."

"김호철 씨는?"

"전화가 끊기고 다시 연락이 없다면…… 제가 죽었다 생각하시면 됩니다."

"꿀꺽!"

침을 삼키는 주원일을 보며 김호철이 입을 열었다.

"그리고 제가 살아서 돌아온다면 이백만 원을 다시 더 드리겠습니다."

이백만 원을 더 준다는 말에 주원일이 힘차게 고개를 끄덕였다.

"기다리겠습니다."

주원일의 말에 김호철이 미소를 지으며 말했다.

"전화는 꼭 받으셔야 합니다."

"반드시 받겠습니다."

주원일의 말에 고개를 끄덕이는 김호철의 뒤로 가고일이 다가와 안았다.

펄럭! 펄럭!

솟구치기 시작하는 가고일의 품에 안긴 김호철이 주원일을 바라보았다.

주원일은 웃으며 손을 흔들고 있었다.

'그래, 잘한 거다.'

그런 주원일을 보며 김호철은 고개를 끄덕였다.

사실…… 김호철은 주원일을 데리고 천공산으로 갈 생각이었다. 일본 놈들과 대화를 하든 싸우든 말을 알아들어야 할 것이니 주원일을 데리고 가는 것이 나았다.

하지만…… 일이 잘못되면 주원일도 죽을 것이다.

주원일도 가족이 있을 터. 그래서 주원일을 두고 가는 것이다. 그리고 정 안 되면 핸드폰으로 번역을 듣고 대화를 나눌 수도 있을 것이니…….

"후! 그래, 잘한 거다."

숨을 크게 내쉰 김호철이 천공산이 있는 곳으로 가고일을 움직이기 시작했다.

*

펄럭! 펄럭!

천공산 하늘 위에서 김호철이 밑을 내려다보고 있었다. 천공산을 지긋이 내려다보던 김호철은 생각하지 못했던 문제점을 알았다.

'성이 없다.'

주원일이 보여준 사진 속에서도 성을 보지 못했다는 사실을 이제야 깨달았다.

'이규대가 혜원이는 성에 있다고 했는데…….'

그런데 천공산에는 성이 없는 것이다.

'그럼 뭐지? 이곳에는 혜원이가 없는 건가?'

그런 생각이 들자 김호철은 눈을 찡그릴 수밖에 없었다.

천공산에 오면 동생을 만날 수 있을 것이라 생각을 했는데 성이 없다면 이곳에서 혜원이를 만날 수…….

번쩍!

그런 생각을 하던 김호철의 눈에 뭔가 반짝이는 것이 보였다.

'응?'

뭐지 하는 생각을 하던 김호철의 손이 순간 빠르게 움직였다.

파앗! 퍼엉!

손에 들린 해머가 움직이는 것과 함께 작은 폭발이 일어났다.

"뭐야?"

폭발이 일었다고 하지만 이 정도 충격으로 대미지를 입을 데스 나이트의 갑옷이 아니다. 하지만 놀라기에는 충분했다. 그리고 놀라는 김호철의 눈에 다시 반짝이는 것이 보였다. 게다가 이번에는 하나가 아니었다.

번쩍! 번쩍!

번쩍이는 빛 수십 개가 그를 향해 쏘아져 오고 있었다.

부웅! 부웅!

그와 함께 김호철의 밑에 가고일을 타고 날아온 다니엘이 창을 빠르게 휘두르기 시작했다.

퍼퍼퍼퍼펑!

다니엘의 창에 연속으로 박살이 나며 터져 나가는 것들은······.

"화살?"

반짝이는 것들의 정체는 바로 화살이었다.

김호철이 천공산을 바라보았다.

그리고…….

"개를 때리면 주인이 나오겠지."

이곳에 혜원이가 없어도 혜원이를 데리고 있는 놈들이 있다는 것은 지금 쏟아져 오는 화살로 입증되었다.

그렇다면…….

"골렘!"

김호철의 외침에 그의 손에서부터 천공산을 향해 쏟아진 네 가닥의 검은 기운이 골렘으로 변하며 떨어져 내리기 시작했다.

곧 골렘들의 몸에서 폭발음이 들리기 시작했다.

퍼퍼퍼퍼펑!

빌라 크기의 거대한 골렘들이 떨어져 내리자 김호철을 향하던 공격이 그들에게 향한 것이다.

골렘 한 마리가 순식간에 박살이 나며 김호철의 몸으로 흡수되었다.

'B급 몬스터 정도는 순식간이란 거냐?'

퍼퍼펑!

연신 들려오는 폭음과 함께 골렘 한 마리가 더 역소환되어 김호철의 몸에 흡수되었다.

그것을 느낀 김호철이 손을 아래로 향했다.

"그럼…… A급은 어때?"

작은 중얼거림과 함께 김호철이 소리쳤다.

"오거!"

김호철의 외침과 함께 그의 몸에서 거대한 마나가 뽑혀져 나가기 시작했다.

'크으윽!'

화아악!

그리고 천공산 위에 거대한 오거가 모습을 드러냈다.

"크아아앙!"

괴성을 지르며 천공산 위로 떨어져 내리는 오거의 모습에 김호철이 미소를 지었다.

"어디 마음껏 날뛰어 봐."

난폭하고 광폭해 조종을 할 수 없어 그동안 뽑지 않았던 오거…… 하지만 지금은 상관없다.

천공산에는 오직 적밖에 없으니 말이다.

퍼퍼퍼펑!

자신의 몸을 때리는 화살에 화가 나는 듯 오거가 괴성을 지르며 천공산에 떨어졌다.

쾅!

"크아아앙!"

오거의 괴성과 함께 김호철이 빠르게 낙하하기 시작했다.

휘이익!

지상과의 거리가 빠르게 줄어드는 것과 함께 김호철이 가고일의 품에서 빠져나왔다.

휘이익!

쿵!

묵직한 소리와 함께 땅에 떨어진 김호철을 향해 화살 몇 발이 날아들었다. 김호철의 손이 움직이기도 전 그 옆에 내려선 다니엘의 창이 빠르게 화살을 쳐 냈다.

퍼퍼펑!

폭발과 함께 김호철이 주위를 빠르게 흩었다. 어느새 그를 포위한 자들을 보며 김호철이 입을 열었다.

"다 튀어나와."

김호철의 외침에 그의 몸에서 검은 기운들이 사방으로 뿜어져 나가기 시작했다.

화아악! 화아악!

김호철의 몸에서 뿜어져 나가는 검은 기운들에 그 주위에 어둠이 내려앉았다. 그 기현상에 순간 화살을 쏘던 자들의 움직임이 멈췄다. 그리고 어둠이 흩어지자 그들의 얼굴이 일그러졌다. 어둠이 사라지며 그들의 눈에 들어온 것은 수십의 몬스터였다.

"크아앙!"

"사아악! 사악!"

자신들을 향해 날카롭고 우렁찬 울음을 토해내는 몬스터들의 모습에 사람들이 물러나기 시작했다.

하지만 그것도 잠시…….

몬스터들이 사방으로 튀어 나가기 시작했다. 그 모습에 사람들이 무기를 쥐고는 마주 튀어 나갔다.

"쳐라!"

"공격해!"

알아듣지 못할 일본어를 외치는 일본인들을 향해 김호철이 소리쳤다.

"다니엘 앞을 뚫어! 막아서는 것들은……."

김호철이 입술을 깨물었다.

'내 강함을 입증하지 못하면…… 혜원이를 만날 수 없다.'

"죽여."

김호철의 말에 다니엘이 창을 거창하고는 앞으로 튀쳐나갔다.

"웨어 라이온! 웨어 울프!"

"크아앙!"

김호철의 외침에 웨어 라이온과 웨어 울프가 다니엘의 뒤를 따르며 달려드는 자들과 싸우기 시작했다.

"날뛰어라!"

김호철의 외침에 남은 몬스터들이 사방에서 달려오는 사

람들을 향해 달려가기 시작했다.

"크아앙!"

몬스터들이 사람들을 향해 내달리는 것을 보며 김호철이 골렘의 몸 위로 뛰어올라 갔다.

타타탓!

빠르게 골렘의 몸의 위로 올라간 김호철이 그 어깨에 서서는 주위를 둘러보았다. 골렘의 몸 위에 올라가 보니 주위가 잘 보였다. 천공산 이곳저곳에서는 사람들이 부산하게 움직이고 있었다. 나무 위를 평지처럼 뛰어다니는 사람들을 보던 김호철이 입맛을 다셨다. 생각보다 수가 많았다.

"곧 몰려들겠군."

작게 중얼거린 김호철이 고개를 들었다. 그의 눈에 커다란 오거가 산 위에서 날뛰고 있는 것이 보였다. 오거의 몸에서는 연신 폭발이 일어나고 있었다. 아무래도 크기가 크다 보니 표적이 되기 쉬웠다.

게다가 오거. A급 몬스터 중에서도 위험도가 극상이니 이곳을 지키는 자들이 오거를 먼저 잡기 위해 공격을 집중하는 모양이었다.

하지만 오거는 그런 공격들에 큰 타격을 입지 않는 듯 괴성을 지르며 날뛸 뿐이었다.

"크아앙!"

거대한 괴성과 함께 커다란 나무를 야구 방망이처럼 이리 저리 휘두르는 오거의 모습의 믿음직스러웠다.

'근데…… 저건 사람이야?'

오거가 나무를 휘두를 때마다 허공에 솟구치는 덩어리들 을 자세히 보니…… 사람이었다.

먼지를 터는 것처럼 오거는 나무로 사람들을 털어대고 있 는 것이다.

'오거…… 말만 잘 들으면 최고인데.'

다수를 상대하는 데는 역시 오거의 덩치와 공격력이 갑이 라는 생각을 하던 김호철이 골렘을 움직였다.

쿵! 쿵!

묵직한 소리를 내며 골렘이 다니엘과 몬스터들이 뚫어놓 은 길을 따라 걸음을 옮기기 시작했다.

골렘의 위에서 사방에서 뛰어다니는 사람들을 보던 김호 철이 정신을 집중했다.

'가슴 갑옷만 해제……'

정신을 집중하자 김호철의 갑옷 중 상체 쪽이 검은 기운으 로 변하며 몸으로 흡수되었다. 품에 손을 넣어 핸드폰을 꺼 낸 뒤 다시 갑옷을 만든 김호철이 주원일의 번호를 눌렀다.

-연락 기다렸습니다.

전화를 기다렸는지 바로 연결되는 주원일의 목소리를 들

으며 김호철이 말했다.

"대기하고 있다가 들리는 일본어가 있으면 통역해 주십시오."

−알겠습니다.

주원일의 답에 고개를 끄덕인 김호철이 전화기를 스피커 모드로 전환하고는 투구 옆에 끼워 넣었다.

−그런데 무슨 일 있습니까? 사람들 비명 소리 같은 것이 들리는데…….

사람들의 비명과 폭발음 같은 것이 들리니 의아한 것이다. 하지만 김호철은 설명할 생각이 없었다.

"대기하십시오."

−아…… 네.

주원일의 입을 다물게 한 김호철이 주위를 두리번거렸다. 사내 셋이 몬스터와 싸우고 있는 것이 보였다. 그것을 본 김호철이 골렘의 몸에서 뛰어내렸다.

파앗!

그리고 빠르게 내달리던 김호철이 킹 스콜피온의 등을 박차며 솟구쳤다. 그런 김호철을 향해 사내들이 화살을 쏘았다.

파파팟!

자신을 향해 날아오는 화살에 김호철의 해머가 움직였다.

휘리릭!

커다란 크기와는 달리 바람처럼 가볍게 해머가 움직이며 화살들을 막아냈다.

퍼퍼퍼펑!

'화살에 폭약이라도 단 건가?'

화살을 쳐 낼 때마다 폭발이 일어나는 것에 그런 생각을 잠시 하던 김호철이 폭발을 뚫고 땅에 내려섰다.

쿵!

묵직한 소리와 함께 김호철을 향해 검이 날아들었다. 김호철이 그들 가까이 떨어지자 활을 내리고 검을 뽑아 공격을 한 것이다.

"하압!"

기합과 함께 김호철의 해머가 좌우로 빠르게 휘둘러졌다.

채채챙!

해머로 검을 튕겨낸 김호철의 다리가 원을 그리며 바닥을 쓸었다.

쏴아악!

퍼퍼퍽!

"크윽!"

"으악!"

그의 다리에 맞은 사내들이 비명을 지르며 쓰러졌다. 그런 사내 둘의 머리를 김호철이 손바닥으로 후려쳤다.

퍼퍽! 우두둑! 우둑!

손바닥에 맞은 사내 둘의 머리에서 뼈 부러지는 소리가 들려왔다.

털썩! 털썩!

쓰러지며 미동도 하지 않는 사내들의 모습에 김호철이 입술을 깨물었다.

'혜원이만 생각하자.'

죽었는지 살았는지 모를 쓰러진 사내 둘을 잠시 보던 김호철이 남은 한 사내를 바라보았다.

사내의 발은 정강이뼈가 부러져 밖으로 튀어나와 있었다. 그런 다리를 잡고 입술을 깨물며 고통을 참던 사내가 김호철의 시선에 얼굴이 굳어졌다.

투구 사이로 김호철의 얼굴을 본 것이다.

"닝겐?"

─사람이냐고 묻습니다.

주원일의 통역에 김호철이 고개를 끄덕이고는 핸드폰을 꺼내 사내의 앞에 들이밀었다.

"맞다 하십시오."

김호철의 말을 주원일이 번역해 말하자 쓰러진 사내가 핸드폰과 그를 번갈아 바라보았다.

-너는…… 뭐냐? 고 합니다.

"'고 합니다는' 앞으로 빼고 하는 말 그대로 번역해서 말하고 제 말을 그대로 전하세요."

-알겠습니다.

"신의 아이를 만나려면 여기서 내 강함을 여기서 증명해야 한다고 들었다."

"신의 아이? 네가 어떻게?"

"내 동생이 신의 아이다. 너희가 데리고 있는 걸 알고 있다. 이 정도면 내 강함을 증명한 것 아닌가? 아니면 내 몬스터들이 이 천공산을 평지로 만들어야 증명되는 것인가?"

"그럼 이 몬스터가 모두?"

"모두 나의 소환 몬스터다. 어떻게 할 것이냐?"

김호철의 윽박에 잠시 말이 없던 사내가 입을 열었다.

"나를 풀어줘라."

"시간은 많이 못 준다. 네가 지체하면 지체할수록 네 동료들이 죽어 나갈 것이다. 웨어 라이온!"

김호철의 외침에 웨어 라이온이 빠르게 다가왔다. 웨어 라이온이 엎드리자 김호철이 사내를 들어 그 위에 올려놓았다.

"가고 싶은 방향으로 손을 가리키면 데려다줄 것이다."

김호철의 말에 사내가 그를 보다가 손을 들어 어딘가를 가리켰다. 그러자 웨어 라이온이 질풍처럼 달려 나가기 시작했다.

파앗!

순식간에 숲으로 달려가 사라지는 웨어 라이온에게서 눈을 뗀 김호철이 주위를 바라보았다.

주위는 난리였다. 데스 나이트 다니엘을 필두로 주위를 쓸어버린 몬스터들에 의해 사람들은 피를 흘리고 쓰러져 있었다.

"크으윽!"

"으윽!"

신음을 흘리는 사람보다 죽은 듯 쓰러져 있는 자가 더 많았다.

그 모습을 보던 김호철이 입술을 깨물고는 정신을 집중했다.

'쓰러져 있는 자들은 공격하지 마. 서 있는 자들, 너희에게 공격을 하는 자들에게만 공격을 해라.'

정신을 집중해 몬스터들에게 명령을 내렸다. 싸워야 할 적이지만, 싸울 힘이 없는 자들까지 몰살시키고 싶지는 않았다.

정신을 집중해 명령을 내리는 김호철의 몸을 검은 기운이 감쌌다.

화아악! 화아악!

빠르게 차오르는 마나에 김호철이 눈을 찡그렸다.

'누가?'

지금 자신의 몸에 차오르는 마나는 바로 그가 소환을 한 몬스터들이 죽어 그에게 돌아오면서 생기는 현상이다.

그에 급히 고개를 돌리니 다니엘이 몬스터들을 이끌고 달려간 방향에서 검은 기운들이 속속 그에게 몰려오고 있었다. 누군가가 그의 몬스터들을 빠르게 해치우고 있는 것이다.

그것을 본 김호철이 땅을 강하게 박찼다.

파앗!

빠르게 기운들이 날아오는 곳으로 달려가며 김호철은 다시 몬스터들을 뽑아냈다.

화아악! 화아악!

"크아앙!"

몬스터를 뽑아내며 내달리던 김호철의 눈에 다니엘이 검사 셋과 치열하게 싸우고 있는 것을 볼 수 있었다.

혼자서 검사 셋과 싸우고 있는 다니엘을 본 김호철이 해머를 크게 뒤로 당겼다가 그대로 집어 던졌다.

부웅! 부웅!

묵직한 바람 소리를 내며 날아오는 해머에 다니엘을 공격하던 검사 한 명이 검을 뒤로 끌어당겼다가 강하게 앞으로 찌르며 튀어나왔다.

파앗! 쾅!

검과 해머가 부딪힌 순간 굉음이 터져 나왔다.

부웅!

검사에게 막혀 튕겨져 나오는 해머를 낚아챈 김호철이 검사를 바라보았다. 해머를 막아내기는 했지만 검사는 그 힘에 뒤로 밀려나고 있었다.

주루룩!

땅에 긴 자국을 남기며 뒤로 밀려나던 검사가 검을 옆에 있던 나무에 박았다.

퍼억!

나무에 검을 박고서야 멈추는 검사를 향해 김호철이 몸을 날렸다.

파앗!

김호철이 날아오자 나무에 박았던 검을 뽑은 검사가 빠르게 검을 휘둘렀다.

채채채챙!

해머와 검이 부딪히며 불꽃과 금속음이 터져 나왔다. 그리고 그럴 때마다 검사의 몸이 크게 흔들렸다. 얇은 검으로 거대한 해머와 부딪히니 밀리는 것이다.

하지만 검사로서는 선택지가 없었다. 해머의 크기가 보통이 아닌 덕에 공격 범위도 너무 넓은 것이다. 해머 대가리가 사람 상체보다 더 크니 말 다했다.

파앗!

뒤로 크게 물러났던 검사가 다시 검을 뒤로 당겼다가 땅을 박찼다.

파앗!

순식간에 거리를 좁힌 검사가 그대로 검을 찔렀다.

사악!

날카로운 소리와 함께 검사의 검에서 눈부신 검기가 뿜어져 나갔다.

"헉!"

눈부신 검기가 자신의 얼굴을 향해 쏘아져 오는 것에 김호철이 놀라 헛바람을 삼켰다. 당장에라도 자신의 얼굴을 뚫을 것 같았다.

하지만 놀란 것은 김호철이고, 그의 몸을 움직여 싸우는 것은 데스 나이트 칼.

검의 밑을 해머가 강하게 올려쳤다.

챙!

검이 튕겨지는 것에 검사의 얼굴이 굳어지며 멈추려 했다. 하지만 검사는 돌격을 통해 찌르기의 공격력을 극대화했다.

멈추려 해도 이미 쏘아진 총알.

쏘아져 오는 검사의 얼굴을 김호철의 손이 잡았다.

우두둑!

"헉!"

헛바람을 삼키는 검사의 몸을 크게 들어 올린 김호철이 그대로 땅에 내려찍었다.

쾅!

"크아아악!"

고통스럽게 비명을 지르는 검사. 하지만 그 비명은 찰나였다. 비명을 지른다 싶은 순간 이미 검사의 머리가 쪼개져 버린 것이다.

꽈직!

'크윽!'

손에서 뇌수가 줄줄 흘러내리는 것에 김호철이 입술을 깨물었다. 자신의 손으로 사람의 머리를 쪼개 죽인다는 것은 결코 좋은 경험이 아니었다. 똥을 싸는 것과 똥을 만지는 것은 다르다.

하지만 그런 감정에 휩싸일 시간이 없었다.

사사삭!

칼이 그의 몸을 움직인 순간, 김호철이 있던 자리에 번쩍이는 빛 세 개가 스치며 지나갔다. 그리고 어느새 나타났는지 방금 죽은 검사와 같은 복장을 한 자 넷이 김호철을 포위했다.

타타탓!

검을 치켜들며 자신을 포위한 검사들의 모습에 김호철이 손을 들었다.

"골렘!"

김호철의 외침에 하늘에서 골렘이 소환되어 나타나더니 그대로 검사들의 머리 위로 떨어져 내렸다.

커다란 골렘이 소환되어 떨어지자 검사들이 급히 뒤로 물러났다.

쿵! 쿵! 쿵! 쿵!

커다란 굉음을 내며 떨어지는 골렘을 보며 김호철이 검사들을 바라보았다.

파앗!

뒤로 물러났던 검사들이 언제 그랬냐는 듯 골렘들의 몸 위로 뛰어올라 가고 있었다.

그리고…… 골렘이 미처 반응을 하기도 전 검사들의 검이 그들의 몸에 박혔다.

사사삭!

마치 두부를 찌르기라도 한 것처럼 그대로 골렘의 몸에 검이 박혀들어 갔다.

쩌쩌쩍!

검이 박힌 곳을 중심으로 골렘의 몸이 갈라지기 시작했다.

그 모습에 김호철의 얼굴이 굳어졌다.

'강하다.'

다니엘을 단 셋이서 상대하는 것을 보고 검사들이 강하다는 것은 알았지만 골렘을 이렇게 쉽게 제압할 줄은 몰랐다.

'돌아와!'

마음속으로 외치자 쪼개지던 골렘들이 검은 기운으로 바뀌며 김호철에게 흡수되었다.

화아악! 화아악!

골렘들이 김호철에게 흡수되는 것에 검사들이 놀란 듯 그를 보다가 자세를 잡았다.

착착착!

검을 검집에 집어넣은 채 자세를 낮추는 검사들의 모습에 김호철은 예전에 본 일본 만화책을 떠올렸다.

"발검술?"

만화책에서만 보던 발검술을 직접 보게 되었지만 김호철은 재밌지 않았다. 그 발검술의 대상이 바로 자신이니 말이다.

파앗!

김호철이 그런 생각을 할 때 다니엘이 상대하던 검사 둘을 밀어내고는 그의 곁으로 돌아왔다.

휘리릭!

창을 허공에 몇 번 휘두른 다니엘이 거창 자세를 잡았다.

'내가 위험하다 생각한 건가?'

다른 것은 몰라도 데스 나이트들은 김호철 자신의 안위를 가장 중하게 생각한다. 기사로서의 본능이 주군의 위험을 도외시 못하게 하는 것이다.

어쨌든 다니엘이 자신에게 합류하자 그가 상대하던 검사 둘 역시 포위망에 합류했다.

그리고 검사들이 움직였다.

파앗!

한 몸이라도 된 듯 동시에 달려드는 검사들의 모습에 다니엘 역시 마주 뛰쳐나갔다.

파앗!

다니엘이 뛰쳐나가자 검사 셋이 그를 맞섰다.

채채챙!

순식간에 다니엘과 검사들의 검과 창이 부딪치고 떨어지기를 반복했다.

검사들이 다니엘을 막는 사이 다른 검사들이 김호철을 향해 달려들었다.

사악!

날카로운 소리와 함께 베어오는 검격을 살짝 몸을 비트는 것으로 피한 김호철이 해머를 휘둘렀다.

아니, 휘두르려 했다.

해머가 미처 휘둘러지기 전 검사 둘의 검격이 그의 어깨와 팔을 베었다.

채챙!

검격이 갑옷을 뚫지는 못했지만 그 충격에 김호철이 뒤로 한 발 물러났다. 하지만 그것은 실수였다.

한 번 뒤로 물러나자 검사들의 검격이 기세를 얻었다.

파파팟!

빠르게 휘몰아치는 검사들의 공격에 김호철이 눈을 찡그렸다. 너무나 빠른 검격에 해머가 공격 몇 개를 놓친 것이다.

채채챙!

갑옷을 맞고 튕겨 나가는 검들을 보며 김호철이 입술을 깨물었다.

'너희가 수로 밀어붙인다면…… 나도 수로 밀어붙여 주마! 돌아와!'

김호철의 생각과 함께 사방에서 그의 몸으로 검은 기운들이 몰려들어 왔다. 사방에 퍼져 있던 몬스터들이 그의 부름에 그에게 돌아오는 것이다.

화아악! 화아악!

사방에 퍼져 있던 몬스터들이 검은 기운이 되어 그의 몸에 흡수되는 것과 함께 김호철이 외쳤다.

"쓸어버려!"

김호철의 외침에 그의 몸에 흡수되었던 몬스터들이 쏟아
져 나왔다.

갑자기 주위에 나타나는 몬스터들의 모습에 검사들의 얼
굴에 당황스러움이 떠올랐다.

하지만 그 당황을 풀어낼 답을 구할 시간이 없었다.

"크아앙!"

몬스터들이 그들을 향해 공격을 시작한 것이다.

웨어 라이온이 검사 하나를 공격했다. 검사의 검이 웨어
라이온의 팔을 잘랐고, 그 검을 다른 웨어 라이온이 물고 늘
어졌다.

화아악!

검에서 뿜어진 검기에 웨어 라이온의 머리가 쪼개졌다. 웨
어 라이온이 검은 기운으로 변하며 김호철에게 스며들었다.

그리고 검사가 검을 당기려 할 때 그의 몸을 웨어 라이온
이 덮쳤다. 넘어지는 검사가 다리를 들어 자신을 덮친 웨어
라이온의 배를 힘껏 걷어찼다.

퍽!

부웅!

검사의 공격에 웨어 라이온이 떠올랐다.

서걱!

떠오른 웨어 라이온의 몸을 그대로 검으로 가른 검사가 허리를 튕기며 몸을 일으켰다.

부웅! 푸욱!

"커억!"

몸을 일으키던 검사의 가슴을 킹스콜피온의 꼬리가 꿰뚫었다. 피를 토하며 자신의 가슴을 뚫은 킹스콜피온의 꼬리를 잡은 검사가 검을 내리그었다.

서걱!

"키이익!"

꼬리가 베어진 킹스콜피온이 괴성을 지를 때 검사가 쓰러졌다.

쿵!

그리고 이런 싸움은 다른 검사들도 마찬가지였다.

어떤 검사는 웨어 울프에게 목이 뜯겨 죽었고, 어떤 검사는 다니엘의 창에 찔려 죽었다.

검사들이 강하다 하지만 김호철이 소환한 몬스터들 역시 강했다. 또, 몬스터의 수도 많았다. 검사 하나가 넷 이상의 몬스터를 상대해야 할 정도로…….

게다가 몬스터는 죽어도 김호철에게 흡수되었다가 소환이 돼 다시 그들의 앞에 나타난다.

김호철로서는 지려야 질 수 없는 싸움이었다.

그나마 검사들에게 다행이라 해야 할 것은 김호철의 부름에도 오거는 신경조차 쓰지 않고 날뛰고 있다는 것이었다.

"크아악!"

검사 하나가 비명을 지르며 쓰러지자 김호철이 남은 자들을 바라보았다.

김호철에게 달려들었던 검사들은 몬스터들의 집단 공격에 모두 죽었지만, 다니엘과 싸우던 자들 중에서는 아직 둘이 살아남아 있었다.

둘이 의지하며 다니엘과 몬스터들의 공격을 막아내고 있었지만…… 셋이서 상대해도 버겁던 다니엘을 둘이서 막기에는 힘이 모자랐다.

이미 두 검사의 몸에는 여기저기 상처가 깊게 나 있었고 한 검사는 어깨 한쪽이 거의 박살이 나 피범벅이 되어 있었다.

그런 두 검사를 보던 김호철이 고개를 돌렸다.

"처리해."

김호철의 중얼거림에 그 옆에 있던 몬스터들이 검사 둘을 향해 몸을 날렸다.

"크아앙!"

우렁찬 괴성을 지르며 달려가는 몬스터들을 바라보며 김호철이 오거가 있는 곳을 바라보았다.

오거는 여전히 날뛰고 있었다. 아무래도 오거를 죽일 만한 일격을 가진 자가 천공산에는…….

생각을 하던 김호철의 발이 순간 땅을 박찼다.

파앗!

순식간에 5m 가까이 뛴 김호철의 발이 땅에 닿았다.

촤아악!

얼마나 강하게 땅을 박찼는지 땅에 닿은 김호철의 발은 멈추지 않았다.

땅에 발을 박은 채 그 기세를 이기지 못하고 앞으로 나가던 김호철이 나무를 손으로 감았다.

빙글!

나무를 축으로 회전을 한 김호철이 자신이 있던 곳을 바라보았다.

'뭐지?'

그가 있던 곳은 별달라 보이지 않았다. 방금 자신이 움직인 것은 김호철이 아닌 칼의 의지에 의한 것…….

즉, 칼이 위험을 느끼고 피한 것이다. 하지만 김호철은 곧 그 이유를 알았다.

달라 보이지 않는 건, 변하지 않았기 때문이었다.

검사들을 향해 달려가는 몬스터들이 그 자세로 굳어져 있었다. 달리던 자세 그대로, 혹은 검사들을 향해 공격하던 그대로 굳어 있는 몬스터들…….

하지만 그것도 잠시, 곧 다니엘이 괴성을 질렀다.

"다니엘 폰 디스!"

자신의 이름을 외치며 다니엘이 창을 강하게 휘둘렀다.

그러자 다니엘의 주위로 뭔가 투명한 유리창 같은 것이 깨어져 나갔다.

쫘직!

다니엘을 중심으로 유리창 같은 것이 깨져 나가며 몬스터들의 움직임이 자유로워졌다.

"크아앙!"

다시 괴성을 지르며 검사들을 향해 쏘아져 가는 몬스터들을 향해 김호철이 소리쳤다.

"멈춰! 이리 와!"

김호철의 외침에 다니엘을 비롯한 몬스터들이 빠르게 그의 주위로 몰려왔다.

타타탓!

순식간에 몬스터의 벽을 주위에 세운 김호철이 주위를 날카롭게 바라보았다.

"나와라! 나는 신의 아이 김혜원의 오빠 김호철! 동생을 만나기 위해 내 자신을 증명하러 왔다."

큰 소리로 외친 김호철의 귀에 주원일의 목소리가 들려

왔다.

–저…… 한국말로 하면 못 알아들을 것 같은데요.

주원일의 말에 눈을 찡그린 김호철이 투구에 꽂아 놓은 핸드폰을 들었다.

"번역해서 크게 외치세요."

핸드폰에서 일본어가 큰 소리로 흘러나왔다.

타타탓! 타탓!

그리자 주위로 활을 든 사내들이 속속 모습을 드러내기 시작했다. 사방에 퍼져 있던 병력들이 자신들이 상대하던 몬스터가 사라지자 이곳으로 달려온 것이다.

사내들이 검사들을 부축해 상처에 천을 감싸는 것을 보던 김호철의 눈이 반짝였다.

검사 중 하나가 허공 어딘가를 보며 뭔가 입을 달싹이는 것을 본 것이다.

'투명화 능력?'

그런 생각이 든 김호철이 투구를 내렸다.

철컥!

투구를 내리고 허공을 보자 김호철의 눈에 이때까지 보이지 않던 사람의 모습이 보였다.

이제 갓 고등학생이나 됐을까 싶을 정도로 앳된 소년이 반투명한 모습으로 허공에 떠 있었다.

허공에 두둥실 뜬 채 소년은 검사와 뭔가 이야기를 나누고 있었다.

그런 그들의 모습에 김호철이 손을 들어 소년을 가리켰다.

"너, 어린놈. 다 보이니까. 모습을 드러내라."

주원일이 통역을 하자 소년이 놀란 듯 그를 바라보았다. 그리고 반투명하게 보이던 모습이 진해졌다.

철컥!

그에 김호철이 투구를 들어 올리자 소년의 모습이 보였다. 그런 김호철을 보던 소년의 몸이 두둥실 떠서 앞으로 다가왔다.

그에 검사 둘이 급히 그 뒤를 따랐다.

스윽!

검사 둘을 향해 손을 들어 따라오지 말라는 신호를 한 소년이 김호철에게서 어느 정도 떨어진 곳에 멈췄다.

그 모습에 김호철이 몬스터들을 뒤로 물리고는 소년에게 다가갔다.

"네가 여기 대장인가?"

핸드폰에서 번역되어 나오는 일본어를 들으며 소년이 힐끗 김호철과 핸드폰을 보고는 입을 열었다.

─김호철이라…… 상당히 날뛰는군.

주원일의 번역에 김호철이 눈을 찡그리고는 말했다.

"지금 이거 저놈이 반말을 하고 있는 겁니까?"

―그게…… 이것도 최대한 순화를 해서 번역을 한 겁니다.

"순화? 순화하지 말고 그대로 번역하세요."

―알겠습니다.

"나를 아느냐 말하세요."

주원일이 번역해서 말하자 소년이 팔짱을 끼었다.

"내가 너 따위를 알아야 할 이유가 있나."

"나는…… 신의 아이의 오빠다."

"감히 우리 신의 아이들의 가족을 칭하다니…… 죽고 싶은 모양이군."

"난 김혜원의 오빠다."

―김혜원이 누군지 모른다. 네가 어떻게 이곳을 알고 왔는지 모르겠지만…… 우리 신의 아이들은 신의 뜻에 따라 이 땅에 온 신의 사자. 무릎을 꿇고 경배하라. 이거…… 광신도인가 본데요.

소년의 말을 번역하던 주원일이 뒷말을 붙이는 것에 김호철이 눈을 찡그렸다.

"번역만."

―아…… 네.

눈을 찡그린 채 소년을 보던 김호철이 생각에 잠겼다.

'이치로 이 새끼…… 나를 속인 건가?'

자신의 강함을 증명하면 만날 수 있다 했는데 이 개 같은 꼬마가 무슨 소리를 하는 건가?

잠시 소년을 보던 김호철이 입을 열었다.

"내 강함을 증명하면 내 동생을 만날 수 있다 들었…… 다."

"그래, 그 정도 실력이라면 우리 신의 교단에 들어올 자격은 되겠군. 내 부하가 되어라."

소년의 말에 김호철이 핸드폰을 자신의 투구에 끼어 넣었다. 그리고 말없이 투구를 내렸다."

철컥!

"어쨌든…… 싸가지 없는 애새끼, 너도 신의 아이 중 하나라는 소리군."

"싸…… 가지 없는 애? 감히 지금 누구…….."

핸드폰에서 들려오는 주원일의 목소리를 김호철은 더 듣지 않았다.

"바로 너, 이 애새끼야!"

버럭 고함을 지른 김호철이 허공에 떠 있는 소년을 향해 해머를 집어 던졌다.

부웅!

바람을 가르며 날아오는 해머를 본 소년이 가소롭다는 듯 손을 들었다가 내렸다.

"신의 속박."

소년의 손짓에 날아가던 해머가 그대로 땅에 떨어졌다.

쿵!

묵직한 소리를 내며 떨어지는 해머를 낚아챈 김호철이 땅을 박찼다.

파앗!

"다 덤벼들어!"

김호철의 외침에 몬스터들이 일제히 소년을 향해 달려들었다. 그 모습에 부상을 입은 채 뒤에 있던 검사들이 마주 뛰어오는 것과 함께 화살들이 날아들었다.

파파팟!

날아오는 화살을 해머를 휘둘러 터뜨린 김호철이 폭발을 뚫고 뛰쳐나왔다.

화르륵!

폭발에 의한 불꽃을 뚫고 나오는 것과 함께 김호철이 몸을 숙였다가 강하게 땅을 박찼다.

파앗! 부웅!

땅을 박차며 크게 솟아오른 김호철이 소년을 향해 주먹을 움켜쥐었다.

그리고 막 김호철의 주먹이 휘두르려 할 때, 소년이 가소롭다는 듯 입을 열었다.

"신의 속박."

소년의 중얼거림과 함께 김호철의 몸이 그대로 땅에 떨어 졌다.

쿵!

땅에 개구리처럼 납작 처박힌 김호철이 일어나려 했다. 하 지만 움직일 수가 없었다.

'크으윽! 몸을……'

움직여지지 않는 몸에 힘을 주었지만 꿈쩍도 하지 않았다.

'신의 속박……. 상대의 몸을 속박하는 능력인가?'

부들부들!

몸을 떨며 일어나기 위해 안간힘을 쓰는 김호철의 앞에 소 년이 내려섰다.

"그래……. 그것이 바로 인간이 가져야 할 진정한 자세다. 신의 권위 앞에 납작 엎드리는 것 말이다."

웃으며 자신의 몸 위에 발을 척하니 올리는 소년의 행동에 김호철이 입술을 깨물었다.

"이 어린놈의 새끼……."

"아직 입은 살아 있군. 저 몬스터들을 믿는 건가?"

소년이 자신의 부하들과 싸우고 있는 몬스터들을 바라보 았다.

"신의 속박!"

강한 기합과 함께 순간 주위에 있는 몬스터들의 움직임이 멈췄다.

데스 나이트 다니엘조차도 속박되어 멈춰 버리자 몬스터들을 향해 공격이 집중되었다.

퍼퍼퍼퍼펑!

화살에 맞은 몬스터들이 하나둘씩 산산이 터져 나가며 검은 기운으로 변해 김호철에게 스며들었다.

그리고…… 그럴 때마다 김호철의 몸에서 힘이 넘쳐 나기 시작했다. 몬스터들을 통해 몸에 흘러 들어오는 힘을 느끼며 김호철이 때를 기다렸다.

'다니엘은 힘으로 이 신의 속박을 부쉈다. 나 역시 할 수 있어.'

신의 속박이네 뭐네 하지만 이건 속박일 뿐이다. 자신을 속박하는 힘보다 더 큰 힘으로 움직이면 부술 수 있다.

화아악! 화아악!

몬스터들이 죽으면서 흡수되는 마나의 양이 더욱 커지자 김호철이 숨을 크게 들이마셨다.

"크아앗!"

기합과 함께 김호철이 온몸에 힘을 주었다. 그러자…….

파직!

순간 그의 몸 주위에 뭔가 깨어지는 소리가 들렸다.

그리고…….

쩍!

불투명한 유리와 같은 것들이 쪼개져 나가기 시작했다. 그
와 함께 벌떡 몸을 일으킨 김호철의 눈에 놀란 눈으로 자신
을 보고 있는 소년이 보였다.

"헉!"

놀란 듯 보고 있는 소년의 몸이 순간 떠올랐다. 도망치려
는 소년의 모습에 김호철이 손을 빠르게 내밀었다.

틱!

자신의 발을 낚아채는 김호철의 행동에 소년이 소리쳤다.

"어디 더러운……."

소년의 말은 채 이어지지 않았다. 김호철이 그대로 소년의
다리를 잡은 손을 강하게 내린 것이다.

쿵!

"크악!"

땅에 처박힌 소년이 비명을 질렀다. 하지만 김호철은 멈출
생각이 없었다.

"이 싸가지 없는 애새끼!"

다리를 들어 소년을 일으킨 김호철이 그 목을 잡아 일으
켰다. 그리고는 건틀릿을 해체했다.

화아악!

건틀릿이 사라지자 김호철이 손을 들어서는 그대로 소년

의 얼굴에 싸대기를 날렸다.

짝!

"건방……."

짝!

"내가 누구……."

짝!

"이런……."

짝!

"……."

네 대를 때렸을까 소년의 고개가 그대로 뒤로 넘어갔다.
기절을 해버린 것이다.

"독한 애새끼."

맞으면서도 건방지다 어쩐다 하는 말만을 하다 기절을 한
소년을 보던 김호철이 주위를 바라보았다.

주위에 있던 몬스터들은 신의 속박에 걸린 상태로 당한 공
격에 대부분 몰살을 당하고 다니엘과 방어력이 높은 킹스콜
피온, 그리고 가고일만이 남아 있었다.

활을 든 자들은 더 이상 공격하지 않고 김호철을 보고 있
었다. 소년이 자신의 손에 제압되어 있어 섣부르게 공격하지
못하는 것이다.

그런 자들을 보던 김호철이 다니엘을 다가오게 했다.

"가고일."

김호철의 부름에 그의 옆에 가고일 두 마리가 모습을 드러냈다. 가고일에게 자신과 다니엘을 안게 한 김호철이 천천히 떠오르기 시작했다.

펄럭! 펄럭!

그런 김호철의 모습에 사내들이 활에 화살을 먹였다. 그 모습에 김호철이 투구를 열어 핸드폰을 꺼내 내밀었다.

"공격하면 이 애새끼는 죽는다!"

김호철의 외침을 이해했는지 주원일이 그 말을 그대로 해석했다. 주원일의 통역에 사내들이 활을 겨누기는 했지만 화살을 쏘지는 않았다.

"이 애새끼를 찾고 싶으면 나한테 연락을 해라. 나는 김호철…… 김혜원의 오빠다!"

큰 소리로 외친 김호철이 아직 지상에 있는 몬스터들을 돌아오게 해 흡수하고는 가고일을 솟구치게 했다.

펄럭! 펄럭!

솟구치는 가고일의 품에 안겨 멀어지는 천공산을 내려다보던 김호철의 눈에 아직도 날뛰고 있는 오거의 모습이 보였다. 커다란 나무를 이리저리 휘두르며 날뛰고 있는 오거를 보던 김호철이 손을 내밀었다.

"돌아와."

들은 척도 하지 않고 날뛰는 오거의 모습에 김호철이 한숨을 쉬었다.

"그래, 네 마음대로 해라. 죽으면 돌아오겠지."

자신이 떠나면 천공산에 있는 자들의 공격은 오거에게 집중이 될 터……

죽으면 돌아올 것이다. 오거를 잠시 보던 김호철이 가고일을 빠르게 움직이기 시작했다.

6장
동생을 만나다

일본의 어느 이름 모를 야산에서 김호철은 소년을 보고 있었다.

　　소년은 다니엘의 품에 안겨 있었다.

　　"이거 놔!"

　　소년의 외침에 주원일이 안절부절못하는 얼굴로 김호철을 바라보았다.

　　"이거…… 범죄입니다."

　　"신경 쓰지 마세요. 이놈들은 더 심한 범죄자들이니까."

　　김호철의 말에 주원일이 한숨을 쉬고는 말했다.

　　"이거 놓으라는데요."

　　"그대로 통역해 주세요. 죽이지는 않을 거다."

주원일의 통역에 소년의 입술 꼬리가 올라갔다.

"이러고도 네가 무사할 것 같으냐. 우리 신의 교단의 신도들이 너를 찾아 갈가리 찢어 죽일 것이다. 감히! 나, 신의 아이를 납치했으니 말이다!"

"너희 조직을 신의 교단이라고 부르나 보군."

"흥!"

"너와 같은 신의 아이들이 몇이나 있지?"

"내가 알려줄 것 같으냐?"

자신이 묻는 말에 정말 건방진 표정으로 일관하는 소년을 보던 김호철이 말했다.

"정말 혜원이를 모르냐?"

"혜원이란 년이 누구……."

짝!

년이라는 말에 김호철이 소년의 뺨을 후려쳤다.

"크윽! 신의 속박!"

소년의 외침에 김호철과 주원일의 몸이 굳어졌다. 하지만 그것도 잠시 그 둘의 몸이 굳어지자 다니엘이 소년을 안고 있는 팔에 힘을 주었다.

"크으으윽!"

다니엘의 압박에 숨을 쉬기 힘들어지자 소년이 급히 신의 속박을 풀었다.

화아악!

신의 속박에서 풀려난 김호철이 소년을 바라보았다.

"멍청한 거냐?"

신의 속박을 쓰고 다니엘의 팔에 눌리기를 몇 번이다. 그런데도 소년은 신의 속박을 사용했다.

김호철의 말에 소년이 입술을 깨물었다. 소년을 잡아온 후 김호철은 아이의 능력에 대해 몇 가지를 알 수 있었다.

도망치려고 발버둥을 치는 와중에 알아낸 것인데…… 소년의 능력은 부유와 투명화, 그리고 신의 속박이다.

세 가지 능력을 사용할 수 있으니 대단한 능력자라고 할 수 있었다.

끈으로 묶어놔도 부유 능력이나 투명화로 도망을 칠 수도 있었다.

그래서 다니엘에게 잡고 있으라 한 것이다. 신의 속박을 써서 다니엘을 속박해도 그 손에 잡혀 있는 상태에서는 도망을 갈 수 없다.

그리고 다니엘은 힘으로 신의 속박을 깨뜨릴 수도 있고 말이다.

어쨌든 신음을 흘리며 자신을 쏘아보는 소년을 보며 김호철은 속으로 혀를 찼다.

'납치당한 상태에서 이 정도 대접을 받고도 이렇게 기가

살아 있다니……. 대체 이 신의 교단이라는 놈들 애들을 어떻게 가르친 거야?'

그런 생각을 하니 혜원이가 걱정이 되었다. 혜원이도 이 광신도 집단에서 신의 아이라 불린다 하지 않던가.

잠시 소년을 보던 김호철이 말했다.

"너, 이름이 뭐냐?"

"흥! 우리는 신의 아이 인간이 이름을 붙일 수 있는 존재가 아니다."

"너희를 다 신의 아이라고 부르며 동일시하지는 않을 것 아니냐?"

"흥!"

콧방귀를 뀌는 소년을 보던 김호철이 눈을 찡그렸다. 잠시 소년을 보던 김호철이 입을 열었다.

"그럼 앞으로 애새끼라고 부르마."

"뭐?"

"나와 언제까지 있을지 모르는데 너라고 계속 부를 수도 없으니 애새끼라고 부르겠다는 거다. 앞으로 네 이름은 애새끼……."

"9번……."

9번이라는 말에 김호철이 소년을 바라보았다.

"9번? 그게 뭐야?"

"교도들이 나를 그렇게 부른다."

"숫자가…… 이름이라고?"

"이름이 아니다! 그저…… 나를 그렇게 부르는 거다."

뭔가 시무룩한 소년…… 아니, 9번의 모습에 김호철이 입을 열었다.

"네 가족은?"

"우리는 신의 아이이자 신의 사자……. 가족은 우리 신의 아이들이다."

9번의 말에 김호철이 한숨을 쉬었다.

'대체 이 광신도 집단은 애들을 어떻게 가르친 거야?'

잠시 9번을 보던 김호철이 무슨 생각이 났는지 말했다.

"너희 신의 아이는 모두 이름이 없고 이 숫자로 불리는 거냐?"

"……."

말없이 입술만 깨물고 있는 9번을 김호철이 바라보았다.

'그럼 혜원이 이름을 모르는 것도 당연하다.'

혜원이도 숫자로 불린다면 이름을 9번이 알 수가 없는 것이다. 그런 생각이 들자 김호철이 핸드폰을 꺼내 혜원이의 사진을 꺼냈다.

"이게 혜원이다."

김호철의 말에 9번이 힐끗 사진을 바라보았다. 사실 9번도

이 미친놈이 말하는 혜원이라는 여자가 누군지 궁금하기는 했다.

사진을 본 9번의 얼굴이 굳어졌다.

"14번?"

"14번? 우리 혜원이가 14번?"

김호철의 말에 9번이 급히 입을 다물었다. 하지만 이미 김호철은 눈이 돌아가 있었다.

"너 이 새끼! 우리 혜원이가 14번이냐고!"

고함을 지른 김호철이 9번의 멱살을 잡고는 앞뒤로 흔들었다. 그런 김호철의 행동에 목만 앞뒤로 마구 흔들리던 9번이 소리쳤다.

"14번! 14번이다!"

9번의 외침에 김호철이 입술을 깨물었다.

"이 개 같은 새끼들이 감히 우리 아빠, 엄마가 지은 이름을…… 14 따위로 바꿔…….''

김호철은 확실히 열이 받았다. 혜원이라는 예쁜 이름을 두고 실험실 쥐한테나 붙일 것 같은 14번이라는 이름을 단 놈들에게 말이다.

부들부들!

몸을 떨며 분노하는 김호철을 보던 9번의 눈에 의아함이 어렸다.

'그런데…… 이놈 어떻게 14번 누나 사진을 가지고 있는 거지? 아니…… 그 전에 이놈 정말인가? 14번 누나 오빠라는 게?'

9번은 믿을 수가 없었다. 자신들은 신의 아이, 이 세상을 구원하기 위해 신께서 내려보낸 신의 사자들이다.

그런데 신의 아이인 14번에게 오빠라는 것이 나타난 것이다.

화르륵! 화르륵!

모닥불이 피어오르는 것을 가만히 보던 김호철이 9번을 바라보았다.

9번은 눈을 감은 채 다니엘의 품에 안겨 있었다.

다니엘의 무릎 위에 양반다리를 한 채 앉아 있는 9번을 보던 김호철이 핸드폰을 꺼내 들었다.

그리고 말없이 핸드폰의 사진을 바라보았다.

'혜원아…….'

핸드폰의 사진을 바라보고 있을 때 펄럭이는 소리가 들려왔다. 고개를 들어 보니 하늘에서 가고일이 하강을 하고 있었다.

가고일이 땅에 내려서자 주원일이 그 품에서 내렸다.

"휴! 이것도 몇 번 하니 조금은 익숙해지는군요."

말과 함께 주원일이 들고 있던 봉투에서 음료수를 꺼내 건넸다.

주원일은 가고일을 타고 근처 민가에 먹을 음식을 사러 갔다 오는 길이었다.

가고일에게는 주원일이 가리키는 대로 가라는 명령을 내려놨고, 혹시 일이 생기면 전화를 하라고 했는데 연락이 없었던 것을 보니 별다른 일 없이 잘 다녀온 모양이었다.

봉투에서 도시락과 음료수들을 꺼내 내려놓은 주원일이 9번을 바라보았다.

"무슨 말을 했습니까?"

주원일의 말에 김호철이 고개를 저었다. 그에 주원일이 물을 들어서는 9번에게 가져갔다.

"물 좀 먹어라."

주원일의 말에 9번이 고개를 들었다.

"나를 풀어줘라."

"내가 풀어주고 말고 할 위치로 보이지 않잖아. 난 그냥 통역만 해줄 뿐이야. 물 좀 먹어."

주원일이 물을 건네자 9번이 그것을 보다가 손을 내밀어 받았다.

"나를 풀어주면 일억 엔을 주겠다."

9번의 말에 순간 주원일의 얼굴이 굳어졌다. 일억 엔……
한국 돈으로 십억 가까운 돈이다. 그런 돈을 풀어주면 주
겠다니 욕심이 났다. 하지만…….

"9번 너를 묶고 있는 건 줄이 아니라 데스 나이트다. 데스
나이트는 저 사람 말만 듣는데 어떻게 풀어주냐? 이상한 소
리 하지 말고 물이나 마셔."

"이런 멍청이! 내가 불러주는 번호로 전화를……."

팍!

9번의 머리를 후려친 김호철이 말했다.

"쓸데없는 소리 할 생각이면 밥이나 먹어."

툭!

자신의 무릎 위에 떨어지는 도시락을 9번이 손으로 쳐
냈다.

"누가 이따위를 먹을 거라 생각하냐!"

9번의 손에 맞고 한쪽으로 날아가는 도시락에 김호철이
피식 웃었다.

"네 마음대로 해라. 안 먹으면 너만 손해고 힘 빠지는 것
도 너니까."

도시락을 주워 든 김호철이 주원일을 손짓해 옆에 앉게 하
고는 말했다.

"풀어주면 돈이라도 준답니까?"

"그걸 어떻게?"

"상황 보니 그럴 것 같더군요. 나 같아도 이런 상황이면 주원일 씨를 꼬셨을 겁니다."

웃으며 도시락 비닐을 뜯는 김호철을 보며 주원일이 급히 고개를 저었다.

"저는 절대 김호철 씨를 배신할 수 없다고 했습니다."

"후! 괜찮습니다. 그리고……."

김호철이 잠시 말을 멈췄다가 손을 들었다.

화아악!

순간 김호철의 손에 데스 나이트의 건틀릿이 나타났다. 데스 나이트와 합체가 익숙해진 김호철은 이제는 그 일부를 소환해 쓸 수가 있었다.

건틀릿을 낀 김호철이 옆에 장작으로 쓰려고 놔둔 나무를 잡고는 비틀었다.

꽈드득!

나무가 비틀렸다. 마치 빨래를 쥐어짜는 것처럼 나무가 비틀렸다.

꽈직!

비틀리던 나무가 순간 산산이 쪼개졌다.

바닥에 떨어지는 나무 잔재를 주워 장작불에 넣으며 김호철이 웃었다.

"일본에 이런 속담이 있는지 모르겠지만…… 똥인지 된장인지 찍어봐야 맛을 아는 것이 아니지 않겠습니까?"

김호철의 말에 주원일이 침을 삼켰다.

"꿀꺽! 아…… 알겠습니다."

주원일의 말에 김호철이 그를 보다가 도시락을 보며 말했다.

"이놈들이 제 여동생을 데리고 있습니다."

"저도 대충은……."

"저놈이 무슨 말로 또 주원일 씨를 유혹할지 모르겠지만…… 하지 마십시오."

"그야……."

"부탁입니다."

"무슨……."

"주원일 씨에게 도움받은 것 감사하게 생각하고 있습니다. 이 마음…… 변하고 싶지 않습니다."

김호철의 말에 주원일이 다시 침을 삼켰다. 지금 김호철의 말은 9번을 풀어주면 가만두지 않겠다는 말보다 더 무서웠던 것이다.

그런 주원일을 보며 김호철이 도시락을 보며 말했다.

"일본 편의점 도시락이 대박이라는 이야기는 많이 들었는데…… 이거 맛있겠네요."

"그…… 험! 맛있는 걸로 사왔습니다. 많이 드십시오."

"알겠습니다."

고등어와 햄이 있는 도시락을 김호철이 먹기 시작하자 주원일도 봉투에서 도시락을 하나 꺼내 먹기 시작했다.

도쿄의 한 신사.

일본의 수도 도쿄에 있다 하기에는 조금은 작은 신사의 마당을 한 신관이 쓸고 있었다.

이제 갓 고등학교를 졸업했을까 말까 한 젊은 신관이 마당을 쓸다가 기분 좋은 얼굴로 하늘을 바라보았다.

파란 하늘에 하얀 구름이 흘러가는 것을 가만히 보던 신관이 미소를 지었다.

"날씨가 참 좋습니다."

보는 사람도 기분이 좋아지는 것 같은 미소를 짓던 신관이 힐끗 나무 위를 바라보았다.

"이렇게 기분 좋은 날씨에 그렇게 인상을 쓰고 있으면 신께서 노하십니다."

신관의 말에 나무 위에서 작은 한숨 소리가 들려왔다.

"지금 이러고 있을 때가 아닙니다."

"때라는 건 사람이 정하는 것이 아니지요."

웃으며 빗자루를 다시 움직여 나뭇잎들을 쓸어내는 신관의 모습에 나무 위에 은신을 하고 있던 사내가 한숨을 쉬었다.

'하여튼…… 이상한 소리는 잘 하시지.'

속으로 중얼거린 사내가 힐끗 나뭇잎 사이로 보이는 하늘을 올려다보았다.

'하지만 날씨가 좋기는 좋군.'

잠시 하늘을 보던 사내가 주위를 한 번 보고는 나무에서 뛰어내렸다.

타앗!

가볍게 땅에 내려서는 사내는, 바로 아베였다. 한국에서 김호철을 공격했던…….

땅에 내려선 아베가 주위를 보다가 나무에 기대어 있는 빗자루를 들고 왔다.

스스슥! 스슥!

그리고는 신관의 옆에서 땅을 쓸다가 말했다.

"2번 님, 9번 님을 이대로 보고 있을 것입니까?"

2번이라 불린 신관이 땅을 쓸다가 빗자루에 몸을 기대고는 입을 열었다.

"제가 움직이지 않아도 1번과 3번이 나설 겁니다."

"9번 님은 중립입니다. 이번에 구하면 9번 님과 그 휘하인 천공산 세력이 저희에게 들어올 것입니다."

"후! 그것이 어디 9번 자신이 선택한 중립이랍니까. 1번과 3번이 9번을 무능력하다 생각해 끌어들이지 않은 것이지."

"무능력하다 해도 신의 아이입니다."

"신의 아이라⋯⋯."

가만히 하늘을 보던 2번이 입을 열었다.

"우리가 신의 아이라면 신께서는 참 못난 자식들을 내놓으셨군요."

"어찌 그런 말씀을 하십니까?"

아베의 말에 웃은 2번이 그를 바라보았다.

"9번을 납치한 것이 14번의 오빠라 했습니까?"

"그렇습니다. 나름 쓸 만해 보여 저희 쪽으로 끌어오려 하였는데 이런 사고를 칠 줄은 몰랐습니다. 송구합니다."

"사람 일이란 것이 어디 생각처럼 되는 것입니까? 후! 생각처럼만 다 된다면 세상에 가난하고 아픈 사람이 어디에 있겠습니까."

말없이 고개를 숙이고 있는 아베를 보던 2번이 입을 열었다.

"14번은 어디에 있습니까?"

"1번 님과 같이 교단에 있습니다."

"흠……."

잠시 생각을 하던 2번이 입을 열었다.

"14번 오빠의 위치는 파악이 되십니까?"

"핸드폰 위치 파악을 하였습니다."

아베의 답에 잠시 입을 닫고 있던 2번이 고개를 끄덕였다.

"가 보기는 해야겠군요. 9번은 그렇다 해도 14번은 우리 쪽에 필요한 사람이니."

2번의 말에 아베가 안도의 한숨을 쉬었다.

"준비하겠습니다."

"싸우러 가는 것도 아니고 이야기나 하러 가는 것인데 준비까지 할 필요가 있겠습니까? 가볍게 가도록 하지요."

"알겠습니다."

2번이 빗자루를 나무에 기대고는 신사 밖으로 걸음을 옮기자 아베도 그 뒤를 따르기 시작했다.

꼬르륵!

배에서 꼬르륵거리는 소리를 내는 9번의 모습에 김호철이 도시락을 그 무릎에 던졌다.

툭!

"먹어."

김호철의 말에 9번이 눈을 치켜뜨고는 도시락을 집어 들었다.

그리고 던지려는 시늉을 하는 9번의 모습에 김호철이 입을 열었다.

"그거 마지막 도시락이다."

김호철의 말에 9번이 입술을 실룩거리다가 천천히 손을 내렸다. 그러고는 가만히 도시락을 보다가 슬며시 비닐을 뜯기 시작했다.

씩씩거리며 도시락을 먹기 시작하는 9번을 보던 김호철이 핸드폰을 바라보았다.

'연락이 올 때가 됐는데…….'

신의 아이들은 몰라도 신의 아이들을 관리하는 신의 교단이라는 놈들은 분명 자신에 대해 알고 있을 것이다.

그렇다면 핸드폰으로 연락이 와야 하는데 연락이 오지 않는 것이다.

'설마…….'

잠시 핸드폰을 보던 김호철이 밥을 먹는 9번을 보며 말했다.

"너 신의 교단인가에서 중요한 존재가 아닌 거냐?"

김호철의 말에 9번이 휙 하니 고개를 들고는 그를 노려보았다.

그 시선에 김호철이 핸드폰을 들어 보였다.

"그렇잖아. 네가 중요한 사람이라면 벌써 연락이 와야 하는 것 아닌가?"

"지금쯤이면 너를 찾기 위해 우리 교단의 사람들이 전국을 뒤지고 있을 것이다."

"뒤질 필요가 뭐가 있어. 내 전화번호를 너희 교단에서 알고 있을 텐데."

"너를 우리 교단에서 어떻게 알아."

"한국에 너희 교단 놈들이 나를 죽이러 온 적이 있어. 그러니 내 전화번호 정도는 알고 있을걸."

김호철의 말에 9번의 얼굴이 굳어졌다.

"너를…… 알고 있다고?"

"그래."

굳은 얼굴로 가만히 앉아 있는 9번을 보던 김호철의 몸에 뇌전이 스며들어 왔다.

파지직!

갑자기 김호철의 몸에서 솟구치는 뇌전에 주원일이 놀라 바라보았다.

"어?"

그런 주원일의 모습에 김호철이 고개를 들었다. 그러자 그의 눈에 뇌전 몇 가닥이 그에게 날아오는 것이 보였다.

파지직! 파지직!

흡수되는 뇌전을 느끼며 김호철이 9번을 바라보았다.

"방금 한 말 취소다. 너도 나름 중요한 놈이기는 한 모양이다."

"뭐?"

의아한 듯 바라보는 9번을 보며 김호철이 산 아래쪽을 바라보았다.

지금 그의 몸에 흡수된 뇌전들은 김호철이 산 곳곳에 숨겨놓은 몬스터들.

사람들을 습격하지 말고 주위 감시만 하다가 누가 올라오면 알리라 했던 몬스터들이 지금 죽어서 돌아오고 있는 것이다.

파지직! 파지직!

뇌전이 되어 돌아오는 몬스터들을 흡수하며 김호철이 주먹을 움켜쥐었다.

"데스 나이트 합체."

김호철의 중얼거림에 그의 몸에서 뿜어진 검은 기운이 데스 나이트의 갑옷을 형성했다.

이제는 굳이 칼을 소환한 상태가 아니더라도 합체를 할 수가 있었다.

합체와 함께 쫘악 빠져나가는 마나를 느끼며 김호철이 숨을 크게 마셨다가 내뱉었다.

'지금 상태로는…… 데스 나이트 두 기 정도인가?'

게이트에서 흡수한 마나는 시간이 지나면 대부분 소실된다. 그렇기에 지금은 김호철 자신이 보유한 마나의 힘밖에는 사용할 수 없었다.

그런 생각을 하던 김호철이 팔짱을 낀 채 산 아래를 바라보았다.

스윽!

산 아래를 보는 김호철의 옆에 다니엘이 다가와 섰다. 혹시라도 9번이 도망을 칠까 싶어 자신의 옆에 데려다 놓은 것이다.

김호철의 행동에 9번의 얼굴에 화색이 돌았다. 상황을 보니 자신을 구하러 교단에서 사람들이 온 것을 안 것이다.

"하하하! 너 이 자식! 우리 교단 사람들이……."

말을 하던 9번이 뭔가를 느꼈는지 얼굴이 굳어졌다.

"1…… 번?"

9번의 말에 김호철이 힐끗 그를 바라보았다.

"1번? 너와 같은 신의 아이가 오는 거냐?"

말을 하던 김호철의 얼굴에 의아함이 어렸다. 9번의 얼굴이 창백하게 변한 것이다.

'1번이라는 놈이 무서운 건가?'

"저기 누가 옵니다."

주원일의 속삭임에 김호철이 고개를 돌렸다. 그리고 김호
철의 눈에 1남1녀가 산을 올라오는 것이 보였다.

산이라는 장소와 어울리지 않는 검은색 슈트를 입은 훤칠
한 청년과 일본 만화에서나 등장할 위는 하얗고 아래는 붉은
신녀의 복장을 한 여자가.

1남1녀를 본 김호철과 9번의 입에서 동시에 침음성이 흘
러나왔다.

"1번······."

"혜원이?"

산을 올라오는 신녀복의 여자는 혜원이었다.

자신에게 다가오는 것이 혜원이임을 알아본 김호철은 순
간 멍해졌다.

'혜원이다. 우리 혜원이······.'

화아악!

데스 나이트의 갑옷이 해지되었다. 동생을 이런 모습으로
볼 수 없는 것이다.

화아악!

갑옷을 해지한 김호철이 자신의 옆에 데스 나이트 칼을 소

환하고는 가만히 걸음을 옮겼다.

뚜벅! 뚜벅!

"나 풀어줘."

9번의 말에 김호철이 고개를 저었다.

"안 돼."

"안 도망갈 테니까. 제발 풀어줘."

"안 돼."

"제발! 풀어줘."

9번의 간절한 말에 다가오던 사내, 1번이 웃었다.

"9번, 그러고 있으니 어울리는데 왜 그래?"

1번의 말에 9번의 얼굴이 굳어졌다.

"1…… 번."

9번의 말에 1번이 웃던 눈을 찡그렸다.

"1번? 님이라는 말이 빠진 것 같은데?"

스윽!

손을 든 1번이 9번을 보며 손가락을 오므렸다.

"안 그런가?"

딱!

1번의 손가락이 튕겨지자 9번이 눈을 감았다.

퍽!

'크윽!'

속으로 신음을 흘리던 9번이 고개를 갸웃거렸다. 통증이 느껴져야 하는데 아무런 고통도 느껴지지 않는 것이다.

그에 슬며시 눈을 뜬 9번은 자신의 얼굴을 가리고 있는 손을 볼 수 있었다.

그를 안고 있던 데스 나이트가 손을 들어 1번의 공격을 막은 것이다.

'데스 나이트?'

스윽!

9번이 데스 나이트를 볼 때 1번이 웃었다.

"후! 한심하기는…… 이제는 하다 하다 몬스터, 그것도 자신을 납치한 놈에게 도움을 다 받다니."

1번의 말에 9번이 그를 바라보았다.

"나…… 난……."

"쯔쯔쯔! 그냥 닥치고 있어라. 그래도 옛정을 생각해서 데리러 온 건데…… 짜증 나니까."

1번의 말에 9번이 입술을 깨물었다. 김호철은 9번과 1번이 나누는 대화에 신경을 쓰지 않았다.

옆에서 주원일이 통역을 해주고 있기는 했지만 김호철의 시선과 신경은 오직 김혜원에게만 향하고 있었다.

'나를 못 알아보는 건가?'

김혜원은 무심한 눈으로 김호철을 보고 있었다. 아니, 무심함이 아니었다.

김혜원의 김호철을 보고 있었지만…… 그것은 그저 공기나 나무와 같은 무생물을 보는 시선이나 다를 바가 없었다.

"혜원아……."

김호철의 부름에 김혜원이 슬쩍 그를 바라보았다. 하지만 김혜원은 아무 말 하지 않았다.

대신…….

"그러고 보니 너와 이야기를 하러 왔는데 쓸데없는 놈하고 이야기를 하고 있었군."

1번의 말에 김호철은 그를 보지 않았다. 그저 김혜원을 보며 미소를 지을 뿐…….

"혜원아, 오빠야. 호철이 오빠."

김호철의 말에 김혜원은 눈을 찡그릴 뿐이었다.

"나를…… 기억 못 하는구나. 하긴 시간이 많이 지났으니까. 오빠가 더 일찍 왔어야 했는데…… 오빠가…….."

잠시 말을 멈췄던 김호철이 한숨을 쉬었다.

"미안해."

김호철의 말에 김혜원의 눈동자가 순간 흔들렸다. 하지만 김호철은 미처 그 눈빛을 보지 못했다.

눈에서 흐르는 눈물을 닦고 있었던 것이다.

"흐! 이거…… 시간이 이리 지났는데 찾아오는 오빠가 다

있고 우리 14번은 좋겠어.”

말과 함께 김혜원의 손을 잡는 1번의 모습에 김호철의 눈이 돌아갔다.

“이 개새끼야! 그 손 안 놔!”

버럭 고함을 지른 김호철이 1번을 향해 땅을 박차며 소리쳤다.

“합체!”

화아악!

순간 김호철의 옆에 있던 칼이 검은 기운으로 변하며 그의 몸으로 스며들었다.

화아악!

그리고 순식간에 데스 나이트의 갑옷을 두른 김호철이 손을 뒤로 당겼다.

화아악!

순식간에 해머를 생성한 김호철이 훌쩍 뛰어올랐다.

파앗!

그리고 김호철의 해머가 강하게 내려찍어졌다. 자신의 머리 위로 떨어져 내리는 해머에 1번이 중지를 오므렸다.

“신의 중지.”

파앗!

쾅!

순간 폭음과 함께 김호철의 몸이 튕겨져 나갔다.

"크아악!"

후두둑! 후두둑!

튕겨져 나가는 김호철의 입에서는 비명이 흘러나왔고, 데스 나이트의 갑옷이 부서져 파편이 휘날렸다.

부우웅!

뒤로 날아가는 김호철의 몸을 다니엘이 잡았다.

주루룩!

김호철을 잡은 채로 뒤로 밀려나던 다니엘의 품에서 9번의 비명이 흘러나왔다.

"크아악!"

김호철과 다니엘 사이에 샌드위치 되어버리니 고통스러운 것이다.

"신의 속박!"

9번의 외침에 뒤로 밀려나던 김호철과 디니엘의 몸이 그대로 멈췄다.

"크윽!"

신음을 흘리는 김호철의 뒤에 끼어 있던 9번이 빠르게 속삭였다.

"9번의 능력은 손가락을 튕기면서 발현돼. 손가락을 튕길 틈을 주지 마."

"뭐?"

"손가락을 튕길 시간을 주지 말고 직선으로 움직이지 마. 아니면 너 죽는다."

하지만 김호철이 뭐라 물은 것은 말 그대로 뭐였다.

주원일은 저쪽에 떨어져 있고, 9번은 1번이 들을까 두려워 작게 속삭였다.

즉…… 9번이 하는 일본말을 김호철은 알아들을 수 없는 것이다.

그것을 안 9번이 주원일을 힐끗 바라보고는 신의 속박을 풀었다.

화아악!

신의 속박이 풀리며 움직이게 된 김호철의 무릎이 꺾였다.

"크윽!"

1번의 공격 충격에 하체에 힘이 들어가지 않았다.

부들부들!

몸을 떨어대는 김호철에게 주원일이 급히 다가왔다.

"괜찮으세요?"

김호철을 부축하는 주원일에게 9번이 급히 속삭였다.

"내가 하는 말 빠르게 통역해."

그러고는 아까 자신이 했던 말을 그대로 해주었다. 그 말을 주원일이 통역하자 김호철이 9번을 바라보았다.

"그런 이야기를 왜?"

"너보다 저 새끼가 더 싫으니까."

"그럼 나를 도와……."

"그건 안 돼."

1번이 싫기는 하지만 그가 강한 것은 그 누구보다 더 잘 아는 9번이다.

김호철과 협공을 해 1번을 공격했다가 지기라도 한다면 그 후환이 너무 두려웠다.

그런데도 1번의 능력을 알려준 이유는 단 하나.

말 그대로 1번이 싫어서였다.

어디 고생 한번 해보라는 생각뿐이었다.

그런 9번을 보던 김호철이 몸에 힘을 주었다.

"끄응!"

몸을 일으킨 김호철이 1번을 바라보았다. 1번은 그저 실실 웃으며 김호철을 보고 있었다.

'나를 우습게 보는군.'

자신을 적이나 위협이라 생각을 했다면 방금 쓰러져 있을 때 공격을 했을 것이다.

그런데도 1번은 그저 웃으며 보고 있을 뿐이었다. 뭐 다른 것 더 할 것 없냐는 표정으로 말이다.

'손가락을 튕기는 것으로 능력이 발현된다. 그리고 직선으

로 움직이지 말라는 것은 1번의 능력이 직선으로 발현이 된다는 거겠지?'

빠르게 머리를 굴리던 김호철이 입을 열었다.

"돌아와."

화아악!

9번을 안고 있던 다니엘이 검은 연기가 되어 김호철에게 흡수되었다.

"어?"

자신을 풀어주는 것에 9번이 의아한 듯 김호철을 보다가 급히 뒤로 물러났다.

'1번을 저리 싫어한다면 9번이 합공을 하지는 않겠지.'

게다가 더 이상 9번을 잡아둘 이유가 없었다. 혜원이가 바로 앞에 있으니 말이다.

김호철이 정신을 집중했다.

화아악!

그러자 바닥에 떨어져 있던 데스 나이트 갑옷의 조각들이 검은 연기가 되어 돌아왔다.

쩌쩌쩍!

부서지고 금이 간 갑옷이 이어지고 원래 모습으로 돌아가자 김호철이 해머를 강하게 움켜쥐었다.

우두둑!

강하게 해머를 움켜쥔 김호철이 숨을 골랐다.

"후우!"

그런 김호철의 모습에 1번이 손가락을 까닥였다.

"보여줄 것 있으면 더 해. 쓸 만하면 살려주고 그렇지 않으면…… 알지?"

1번의 말에 김호철이 김혜원을 힐끗 보고는 말했다.

"너를 죽이고 우리 혜원이 데려가겠다."

"후! 할 수 있다면 해보든가."

말을 하던 1번이 문득 통역을 하는 주원일을 바라보았다. 1번의 시선에 주원일이 급히 웨어 라이온 뒤로 몸을 숨겼다.

"통역이라……. 후! 재밌군."

1번에게도 지금 이런 상황은 흔하지 않았다. 서로 말이 통하지 않는 자들끼리 싸우면서 그 말을 통역하는 이가 있으니 말이다.

그런 상황이 재밌었다. 작게 웃던 1번이 주원일을 바라보았다.

"너는 특별히 살려주마."

1번의 말에 주원일이 자기도 모르게 고개를 끄덕였다.

"감사합니다."

그런 주원일을 보며 웃는 1번의 모습에 김호철이 번개처럼 땅을 박찼다.

파앗!

땅을 박차며 빠르게 거리를 좁히는 김호철의 모습에 1번이 손을 들었다.

'온다.'

1번의 손가락을 주시하던 김호철은 중지가 오므려지자 왼쪽으로 몸을 굴렸다.

"신의 중⋯⋯."

손가락을 튕기려던 1번이 그런 김호철을 향해 손을 움직였다. 하지만 이미 김호철은 그 자리에 없었다.

오른쪽으로 땅을 박찬 것이다.

파파팟!

좌우로 빠르게 움직이며 오는 김호철의 모습에 1번이 웃었다.

"하!"

그러고는 1번이 주먹을 쥐었다.

"이건 어떨까?"

작은 중얼거림과 함께 1번의 주먹이 활짝 펼쳐졌다.

파파파파팟!

다섯 손가락에서 동시에 뿜어져 나오는 기운에 김호철이 땅을 박차며 솟구쳤다. 자신이 피할 방향까지 모두 계산된 공격에 피할 곳이라고는 하늘밖에 없었다.

퍼퍼퍼펑!

김호철이 솟구치는 것과 함께 그가 있던 일대가 산산이 터져 나갔다.

솟구치는 김호철을 향해 1번이 웃었다.

"너는 갈 곳이 없을 텐데?"

스윽!

느긋한 얼굴로 미소를 지은 1번이 허공에 떠 있는 김호철을 향해 중지를 감았다.

'오거……'

화아악!

오거를 떠올린 김호철이 정신을 집중했다.

'힘 내놔.'

김호철의 명령에 그의 몸에서 검은 뇌전이 뿜어지기 시작했다. 검은 뇌전이 뿜어지는 것과 함께 몸에 힘이 넘쳐 나는 것을 느낀 김호철이 더욱 정신을 집중했다.

'그래, 더! 더!'

우두둑! 우두둑!

데스 나이트 갑옷에 감싸인 김호철의 근육들이 부풀어 오르기 시작했다.

"다 내놔!"

김호철의 외침과 함께 그의 몸을 감싸고 있는 데스 나이트의 갑옷에 균열이 벌어지기 시작했다.

찌찌쩍!

파지직! 파지직!

그리고 벌어진 균열을 통해 붉은 뇌전이 솟구치기 시작
했다.

우두둑! 우두둑!

그런 김호철의 모습을 재밌다는 듯 보던 1번이 중지를 튕
겼다.

"신의 중지."

파앗!

1번의 중지에서 뿜어진 힘이 김호철을 향해 쏘아져 나
갔다. 그리고…….

"뒈져!"

자신을 향해 쏘아져 오는 기운을 향해 김호철이 해머를 강
하게 후려쳤다.

쾅!

우우우웅!

커다란 진동음과 함께 해머와 기운이 부딪힌 곳을 중심으
로 충격파가 퍼져 나갔다.

우지끈! 콰드득!

나무가 부러지고 땅이 갈라졌다.

"크으윽!"

그런 충격파에 몸이 떨리는 것을 느끼며 김호철이 해머를 더욱 꽉 움켜쥐었다. 그러자 김호철의 해머가 앞으로 움직이기 시작했다.

"가라!"

기합을 지르며 김호철이 해머를 자신의 머리로 강하게 찍었다.

쾅! 꽈직!

그러자 뭔가 부서지는 소리와 함께 해머가 기운을 뚫었다.

휘이익!

바람 가르는 소리와 함께 떨어져 내리는 김호철의 해머를 보며 1번이 눈을 찡그렸다.

김호철을 향해 뻗어 있는 그의 중지가…… 부러져 있었다. 얼마 만에 느껴보는 고통인지 기억이 나지 않았다.

아니…… 느껴본 적이 없는 고통이었다. 그 누구도 감히 신의 아이인 그의 몸에 손을 댄 적이 없으니…….

그리고 그것은 1번의 분노를 일으키기에 충분했다.

"감히……."

분노에 찬 작은 중얼거림과 함께 1번의 왼손이 올라갔다.

손가락은 열 개. 중지가 부러졌다 해도 아직 아홉 개의 손가락이 남아 있는 것이다.

해머를 내려찍던 김호철의 얼굴이 굳어졌다. 자신을 향해 주먹을 쥐는 1번을 본 것이다.

손가락 하나를 뚫기 위해 오거의 힘까지 끌어 썼다. 그런데 손가락 열 개의 힘이라면?

김호철의 얼굴이 굳어질 때 그의 마음속에 울림이 들려왔다.

―다니엘 폰 디스!

마음속에 크게 울려오는 다니엘의 외침에 김호철은 더 생각하지 않았다.

"다니엘 폰 디스!"

김호철의 외침에 검은 기운이 솟구치며 다니엘을 만들어 냈다. 그리고…… 다니엘이 1번이 쏜 기운을 향해 떨어져 내렸다.

꽈꽈꽈꽝!

신의 손가락에 의해 다니엘의 몸이 산산이 쪼개지며 흩어졌다.

'다니엘!'

그 모습에 김호철이 입술을 깨물었다. 물론 지금 다니엘이 산산이 쪼개지고 박살이 났다 하지만 흡수를 하면 다시 뽑아낼 수 있다. 그러니 죽는 것은 아니다.

하지만…… 자신을 구하기 위해 스스로 몸을 날려 박살 나

버린 다니엘에게 고맙고 미안한 것이다.

박살이 난 다니엘의 몸이 검은 기운으로 변하며 흡수되었다. 그런데 흡수되는 것이 이상했다. 다니엘의 기운이 김호철에게 흡수되는 것이 아니라 데스 나이트 갑옷에 빨려 들어가고 있었다.

—다니엘 폰 디스.

마음속에 들려오는 소리와 함께 해머가 변했다.

화아악!

해머의 대가리 위로 창날이 솟구쳤다. 그리고 김호철의 갑옷의 색깔이 변했다.

붉은색과 검은색이 섞인 듯한 검붉은 색…….

화아악!

어쨌든 갑옷의 색이 변하는 것과 함께 그 몸에서 뿜어지는 기운들이 강해졌다.

화르륵!

마치 불타는 듯한 모습으로 변한 김호철이 1번을 향해 떨어져 내렸다.

뭐가 어떻게 된 것인지 몰랐지만 김호철은 지금 자신이 각성 비슷한 것을 했음을 알았다.

뿜어지는 불길만큼이나 몸에서 느껴지는 힘이 너무 거대했다. 그에 김호철이 해머를 강하게 움켜쥐었다.

'가능하다. 이 힘이면…… 저 새끼를 쳐 죽일 수 있다.'

생각과 함께 김호철의 눈에 자신을 향해 손가락을 오므리는 1번이 보였다.

하지만…… 김호철이 더 빨랐다.

부웅!

김호철의 해머가 1번의 머리 위로 떨어졌다.

쾅!

폭음과 함께 터지는 충격파에 김호철이 몸에 힘을 주었다.

"하앗!"

기합과 함께 김호철의 해머가 충격파를 뚫고 아래로 떨어졌다.

우두둑!

그리고 김호철은 해머를 통해 뼈 부러지는 감촉을 느꼈다.

'들어갔다.'

느낌과 함께 김호철이 1번을 바라보았다. 김호철의 해머를 어느새 1번의 손이 막고 있었다.

하지만 1번의 손은 성하지 않았다. 양손은 뼈가 보일 정도로 살이 날아가 있었고 손가락 몇은 어디로 날아가 보이지도 않았다.

'막아?'

자신의 공격이 들어가기는 했지만 1번의 손에 막힌 것에 김호철이 해머를 잡아당겼다. 그러자 해머 대가리가 뒤로 당겨지는 것과 함께 대가리 위에 솟아 있는 창날이 그어졌다.

서걱!

"크악!"

날카로운 소리와 함께 1번의 손이 그대로 잘려 나갔다. 그리고…….

서걱!

1번의 얼굴이 그대로 잘려 나갔다.

쿵!

1번의 얼굴을 가르고 그대로 땅에 박히는 해머를 잡아당긴 김호철이 몸을 회전시켰다.

부웅!

몸을 회전시키는 힘을 그대로 실어 김호철이 그대로 1번을 후려쳤다.

펑!

1번을 때린 해머에서 폭발음이 들렸다. 1번이 그대로 터져 나간 것이다.

후두둑! 후두둑!

1번이 터져 나간 주위로 휘날리는 살점과 뼈들…….

그 자세로 가만히 있던 김호철이 입술을 깨물었다.

"해냈다."

잠시 그 자세로 가만히 있던 김호철이 급히 고개를 돌려 혜원이를 찾았다. 김혜원은 놀란 눈으로 박살이 난 1번의 잔해들을 보고 있었다.

"혜원아!"

김호철의 고함에 김혜원이 그를 바라보았다.

그리고 뭐라 일본어로 중얼거리자 김호철이 주원일을 향해 고개를 돌렸다.

"1번이라고 합니다."

김호철이 웨어 라이온을 보자 그가 주원일을 안아서는 달려왔다.

파앗!

순식간에 앞에 뛰어온 웨어 라이온이 주원일을 내려놓았다.

"오빠 기억 안 나?"

김호철이 주원일을 보자 그가 혜원이에게 통역을 해주었다. 하지만 혜원이는 멍하니 1번을 보고 있을 뿐이었다.

"계속 1번…… 이라고만 중얼거리는데요. 좀 정신이 나간 것 같습니다."

주원일의 말에 김호철이 혜원이에게 다가갔다.

"혜원……."

말을 하던 김호철의 몸이 순간 비틀어졌다. 어딘가를 보며 극도의 경계를 취하는 칼의 행동에 김호철이 놀라 앞을 바라보았다.

칼이 이렇게 김호철의 의지와 상관없이 움직일 때에는 뭔가 위험을 감지할 때이니 말이다.

'뭐지?'

김호철이 앞을 볼 때 숲에서 두 남자가 걸어 나왔다. 그리고 그 두 남자를 본 김호철의 얼굴이 굳어졌다.

"1번?"

두 남자…… 그중 한 명은 방금 김호철 그의 손에 터져 죽은 1번이었다.

그런데 그런 1번이 아주 멀쩡한 모습으로 숲에서 걸어 나오고 있는 것이다.

뚜벅! 뚜벅!

김호철을 향해 걸어오던 1번이 땅에 흩어져 있는 시체 잔해를 보고는 한숨을 쉬며 손을 모았다.

"이렇게 쉽게 갈 줄은 몰랐습니다."

1번의 중얼거림을 주원일이 통역을 해주자 김호철은 이게 무슨 일인가 싶었다.

'대체 뭐지? 설마 분신 같은 건…….'

분신을 떠올리던 김호철의 눈이 반짝였다. 죽은 1번이 살아 돌아온 것에 놀라 미처 파악하지 못했는데…….

한국에서 만난 일본 놈이 있었다.

"너?"

김호철의 부름에 일본 놈이 그를 힐끗 보고는 1번에게 뭐라 속삭였다.

그리고…….

"2번!"

9번이 소리를 지르며 달려왔다.

'2번? 이건 또 무슨 소리지?'

1번에게 2번이라 소리치며 달려오는 9번의 모습에 김호철이 의아할 때, 2번이 9번을 보며 미소를 지었다.

"무사하셨군요. 다행입니다."

"나를 구하러 온 거야?"

"1번도 구하러 오는데 제가 어떻게 가만히 있겠습니까? 그리고…… 9번 님을 구하기 위해 온 사람은 한 명 더 있습니다."

스윽!

고개를 돌린 2번이 하늘을 올려다보았다.

"그만 구경하고 내려오지 그러나?"

2번의 중얼거림에 하늘에서 뭔가가 떨어져 내렸다.

휘이익!

빠르게 떨어져 내리던 뭔가가 지상과 충돌하기 직전 그 속도가 줄어들었다.

화아악!

가벼운 바람과 함께 땅에 내려선 것은 사람이었다. 1번과 똑같이 생긴……

'이거 대체 뭐야? 1번이…… 아니야. 저건 2번이라고 했고 그럼 이게 1번?'

김호철은 머리가 복잡했다. 지금 이 상황을 이해할 수가 없는 것이다.

자신이 죽인 1번…… 그리고 그 1번과 똑같이 생긴 2번이라는 놈의 등장, 이제는 하늘에서 1번과 똑같이 생긴 놈이 하늘에서 뚝 떨어진 것이다.

"쌍둥이인가? 아니, 삼둥이?"

복잡한 눈으로 1번과 똑같이 생긴 놈들을 보던 김호철의 귀에 주원일의 중얼거림이 들려왔다.

그에 김호철이 급히 그를 바라보았다. 아니, 바라보려 했다. 하지만 그 머리는 새로 나타난 놈들에게서 고정이 되어 있었다.

칼이 그들의 행동을 주시하는 것이다.

그에 김호철이 어쩔 수 없이 나타난 놈들을 주시하며 속삭였다.

"무슨 말입니까?"

"방금 죽인 놈과 똑같이 생겼잖습니까."

"그렇죠."

"그럼 쌍둥이 아니겠습니까? 아니, 방금 죽인 놈도 있으니 삼둥이군요."

주원일의 중얼거림에 김호철은 황당했다. 듣고 보니…… 일리가 있었다.

'그럼…… 1번과 저놈들이 삼둥이?'

그렇다면 똑같이 생긴 것이 이해가 되었다. 그리고 문제는…… 자신이 삼둥이 중 하나를 죽였다는 것이고 그들 형제가 지금 바로 앞에 있다는 것이다.

그리고 만약 저 둘이 1번과 비슷한 힘을 가지고 있다면…….

'꿀꺽!'

속으로 침을 삼킨 김호철이 슬며시 가고일을 소환했다.

화아악!

갑옷의 색이 변해서인지 김호철의 몸에서 나온 가고일의 색은 검붉은 색을 띠고 있었다.

'싸움이 벌어지면…… 혜원이를 안고 수정 카페로 돌아가라.'

마음속으로 가고일에게 명령을 내리며 김호철은 입술을 깨물 수밖에 없었다.

'살아서 돌아간다. 반드시…….'

여기서 죽을 수는 없었다. 이제 혜원이를 찾았고 바로 자신의 뒤에 있다. 이제 혜원이를 데리고 한국으로 돌아가면 되는 것이다.

김호철이 그런 생각을 할 때 2번이 김호철을 향해 고개를 돌렸다.

"김호철 씨?"

2번이 한국말을 하는 것에 김호철이 놀라 그를 바라보았다.

"씨? 한국말을?"

"이웃 국가의 언어 정도는 배워둬서 나쁠 것이 없지요. 여기 아베 님에게 김호철 씨의 이야기를 들었습니다. 강한 분이라 해서 기대를 했는데 생각보다 더 강하시군요. 방심했다 해도 1번인데…… 1번이 당신 손에 죽다니."

"당신은?"

"아! 이거 제 소개가 늦었군요. 저는 2번, 그리고 이쪽 저하고 똑같이 생긴 사람이 3번. 당신 손에 죽은 1번의 삼둥이 동생들입니다."

2번의 말에 3번이 힐끗 땅에 뿌려진 1번의 시신을 바라보았다.

그러고는 김호철을 바라보았다. 그런 3번의 시선에 김호철은 등줄기가 차가워졌다.

'무슨 눈빛이?'

3번의 시선은 무심했다. 지금 바로 자신의 발치에 형이었던 존재의 조각이 흩어져 있는데도 말이다.

하지만 이상한 것은 2번도 마찬가지였다. 2번은 원수나 다름없는 김호철을 보면서 호의가 담긴 시선과 말투를 하고 있지 않은가.

'애네 대체 뭐지?'

자신이라면 이미 미쳐 날뛰었을 것이다. 만약 자신의 혜원이를 누군가가 죽였고 그자가 바로 눈앞에 있었다면 말이다.

상황을 이해하기 힘든 김호철이 슬며시 해머를 쥔 손에 힘을 주었다.

저놈들 정신머리가 어떻게 된 것인지 몰라도 중요한 것은 저들을 넘어서야 혜원이를 데리고 이곳을 벗어날 수 있다는 것이었다.

그런 김호철의 모습에 2번이 입을 열었다.

"한 가지 제안을 하지요."

"제안?"

"아실지 모르겠지만 지금 14번은 정신 제약이 걸려 있습니다."

슬쩍 고개를 옆으로 빼 김호철 뒤에 있는 혜원이를 본 2번이 말했다.

"눈빛이 흔들리는 걸 보면 백치까지 제약을 걸어놓은 것은 아니고 표출하는 것만을 해놓은 것 같은데…… 제가 풀어드리지요. 아! 그리고 당신과 14번이 같이 갈 수 있도록 해드리겠습니다."

"그게 진짜인가?"

"하하하! 명색이 신의 아이라 불리는 사람입니다. 거짓을 말하지는 않습니다."

2번의 말에 김호철이 그를 보다가 입을 열었다.

"제안이라면…… 내가 해야 할 일이 있다는 거군."

"물론입니다."

"뭐지?"

김호철의 물음에 2번이 웃으며 하늘을 바라보았다.

"저와 똑같이 생긴 놈을 죽여주십시오."

2번의 말에 김호철이 놀라 3번을 바라보았다. 3번은 지금 무슨 대화를 나누는지 모르는 듯 그저 무심한 눈으로 땅에 떨어져 있는 살점들을 보고 있었다.

'지금 저놈은 이 상황을 아는 건가?'

김호철이 그런 생각을 할 때 2번이 웃으며 그를 향해 말했다.

"어떻습니까?"

2번의 말에 김호철이 그를 가만히 바라보았다. 하지만 2번을 믿을 수가 없었다.

자신의 형제를 죽이라 말하는 놈을 어떻게 믿는가.

"신의 아이는 거짓말을 하지 않는다?"

"그렇습니다."

"후! 재밌네."

"뭐가 말입니까?"

"거짓말은 하지 않아도 형제 뒤통수는 때린다는 말이잖아?"

그러고는 김호철이 작게 속삭였다.

"제가 하는 말 바로 통역해서 소리치세요."

주원일에게 통역을 하라 한 김호철이 3번을 향해 소리 쳤다.

"2번이 너를 죽이면 나와 혜원이를 풀어주겠다고 했다!"

김호철의 말에 2번이 놀란 듯 그를 바라보았고 주원일이 빠르게 그 말을 통역해 외쳤다.

"내 제안은! 나를 막는 놈을 공격하겠다는 것이다!"

자신을 막는 놈을 공격하겠다는 김호철의 외침에 2번이 3 번을 힐끗 보고는 웃었다.

"하! 이거…… 괜히 부끄럽군요."

3번을 죽이려고 머리를 좀 썼는데 그것이 이렇게 알려져 버리니 어색한 것이다.

2번의 말에 3번이 무심한 눈으로 그를 보다가 입을 열 었다.

"자신의 손을 더럽히지 않으려 하는 것은 여전하군."

"묻히지 않아도 되는데 군이 묻힐 필요는 없는 것 아니겠습니까?"

2번의 답에 가만히 그를 보던 3번이 김호철을 바라보았다.

"막지 않겠다. 가라."

3번의 말에 김호철이 2번을 바라보았다. 너는 어떻게 할 거냐는 김호철의 시선에 2번이 웃었다.

"후! 연락드리겠습니다."

"연락하는 놈도 공격하겠다."

김호철의 말에 2번이 웃으며 고개를 저었다. 지금 이 자리에 3번이 없었다면 2번은 김호철을 막았을 것이다. 하지만 3번이 있다. 2번이 김호철을 공격하고 싸운다면 그 틈에 3번이 그를 공격할 수 있다.

그것은 3번도 마찬가지……. 그래서 2번과 3번은 1번을 죽인 김호철을 놓아주는 것이다.

그리고 1번이 죽어 그동안 유지되던 그들 사이의 균형이 깨졌다.

지금은 김호철이나 14번에 신경을 쓸 틈이 없었다.

"연락드리겠습니다."

2번의 말에 김호철이 그를 보다가 슬며시 뒤로 물러났다. 갈 수 있을 때 가는 것이 좋다. 2번과 3번이 무슨 사이이고 어떤 일이 있는지 모르지만 김호철은 관심 없었다. 형제끼리 싸우든 말든 혜원이가 등 뒤에 있으니 말이다.

화아악! 화아악!

가고일 두 마리를 소환한 김호철이 주원일에게 눈짓을 주었다. 그러자 주원일이 냉큼 가고일에게 등을 맡겼다.

가고일이 주원일을 안고 솟구치자 김호철이 혜원이를 안았다.

"이치방…… 이치방……."

정신이 나간 듯 계속 1번이라는 말만 중얼거리는 혜원이를 보던 김호철이 힐끗 2번을 바라보았다.

김호철의 시선에 2번이 손을 흔들었다.

'정신 제약인가를 못 풀 것이라 확신하는 건가?'

2번은 자신과 그가 다시 만날 것을 확신하는 것 같았다.

'다시 만날 때는 이런 모습이 아닐 것이다.'

이때까지는 혜원이를 찾기 위해 강해져야 했다면 이제는…… 혜원이를 지키기 위해 강해져야 한다.

펄럭! 펄럭!

김호철을 안은 가고일이 날개를 펄럭이며 그를 데리고 날아오르기 시작했다.

주원일을 나가사키 인근 야산에 내려준 김호철은 그에게 일억을 주었다.

"이렇게 큰돈을……."

놀라 핸드폰 문자를 멍하니 바라보는 주원일을 보며 김호철이 웃으며 고개를 저었다.

"본의가 아니었지만…… 이번 아르바이트 잘못하면 주원일 씨 목숨이 위험해질 수도 있는 일이었습니다. 그런 일을 도와주셨는데 일억이면 큰 보수가 아닙니다."

"그래도……."

"정당하게 일을 하시고 받은 것이니 어려워하지 않아도 됩니다. 기분 좋게 받으시면 됩니다."

김호철의 말에 주원일이 핸드폰을 가만히 보다가 말했다.

"너무 큰돈이라 못 받겠다 말을 해야 할 것 같은데…… 감사히 받겠습니다."

주원일의 말에 고개를 끄덕인 김호철이 가고일을 불러 자신을 안게 했다. 가고일이 천천히 날개를 펄럭이는 것을 보며 주원일이 소리쳤다.

"동생분을 찾아서 다행입니다!"

주원일의 외침에 김호철이 웃으며 손을 흔들었다.

"한국에 오시면 한번 찾아오십시오!"

"그렇게 하겠습니다!"

점점 더 멀어지는 주원일에게 손을 계속 흔들어준 김호철이 자신의 품에 안겨 있는 혜원이를 바라보았다.

혜원이는 무표정한 얼굴로 김호철을 보고 있었다.

그런 혜원이를 가만히 보던 김호철이 미소를 지었다.

"이제 다 잘될 거야. 오빠 믿지?"

김호철의 말에 혜원이는 말을 하지 않았다. 그저 바라만
볼 뿐······.

그런 혜원이를 보며 김호철이 그 얼굴을 쓰다듬었다.

"혜원이 보니까."

잠시 말을 멈춘 김호철이 혜원이를 안았다.

"너무 좋다. 예쁜 내 동생······."

7장
해원의 굴레

행복 사무소 지하 훈련장에는 마리아와 박천수 등 사무소에 머물러 있는 직원이 모두 모여 있었다.

그리고 그들이 보는 곳에는 김혜원이 의자에 앉아 있었다. 그런 김혜원의 뒤에 마리아가 서 있었다.

마리아는 김혜원의 머리에 손을 올린 채 정신을 집중하고 있었다.

화아악! 화아악!

마리아의 몸에서 흘러나오는 붉은 기운은 김혜원의 머리를 감싼 채 돌고 있었다.

그런 모습을 걱정스러운 눈으로 보던 김호철이 옆에 있는 박천수에게 속삭였다.

"잘되고 있는 건가요?"

"몰라. 정신 제약을 풀어내는 건 실제로 본 적이 없어."

"그럼 마리아 소장님이 할 수 있는 것은 맞습니까?"

"정신 제약도 어디까지나 마나로 이뤄지는 것이니까. 잡고 부수고 빼내면 되지 않겠어? 지금 마리아가 하는 것도 바로 그거고."

박천수의 말에 김호철이 걱정스러운 얼굴로 혜원이를 보다가 말했다.

"혹시 잘못되지는 않겠죠?"

김호철의 물음에 박천수가 고개를 끄덕였다.

"위험하다 싶으면 바로 물러난다고 했으니 걱정하지 마."

걱정하지 말라는 말에도 김호철은 걱정을 지울 수가 없었다. 그리고 잠시 후 마리아가 혜원이의 머리에서 손을 떼어냈다.

"휴!"

작게 한숨을 쉬는 마리아의 모습에 김호철이 급히 혜원이에게 다가갔다.

"혜원아?"

김호철의 부름에 혜원이는 그를 보지 않았다. 그저 멍하니 앞을 바라보고만 있을 뿐……

그 모습에 김호철이 마리아를 바라보았다. 김호철의 시선에 마리아가 고개를 저었다.

"정신 제약을 하는 이질적인 마나를 찾기는 했지만 건들기에는 무리가 있네요."

"어떤?"

"혜원 언니 마나에 단단히 붙어 있어서 떼어내려면 힘을 강하게 써야 해요."

"그럼 힘을 쓰세요."

"그렇게 간단한 문제가 아니에요. 너무 강한 힘을 쓰면 혜원 언니의 마나가 부서질 거예요."

"마나는 상관없습니다."

혜원이가 능력자로 살기를 원하지 않는다. 김호철을 보며 마리아가 고개를 저었다.

"마나를 그저 힘이라고만 생각하시면 안 됩니다. 마나는 생명과 같아요."

"그 말은…… 죽을 수도 있다?"

"그래요."

마리아의 말에 김호철이 혜원이를 바라보았다.

"혜원아……."

안타까움이 담겨 있는 김호철의 목소리에 마리아가 한숨을 쉴 때, 박천수가 말했다.

"그럼 방법이 없는 건가?"

"방법은 있어요."

마리아의 말에 김호철이 급히 그녀를 바라보았다.

"뭡니까?"

"가장 쉬운 것은 이 제약을 건 놈을 잡아 풀게 하는 것……하지만 김호철 씨가 죽였다고 하니 그건 안 되겠고."

"2번이라는 놈이 정신 제약을 풀어주겠다고 했습니다. 1번이 없어도 이 제약을 풀 수 있는 방법이 있는 것 아니겠습니까."

"맞아요. 쉬운 방법은 아니지만 조금 어려운 방법이 하나더 있어요."

"뭡니까?"

"제가 혜원 언니 마나에 붙어 있는 정신 제약 마나를 뽑아낼 때, 혜원 언니의 마나를 보호해 줄 사람이 필요해요."

"그거 내가 할까?"

박천수의 말에 마리아가 고개를 저었다.

"박 팀장님의 마나 운용 능력을 믿지만, 마나양이 부족해요."

"내 마나양이 부족해?"

박천수가 의아한 듯 고개를 갸웃거리자 마리아가 고개를 끄덕였다.

"최소한 저와 비슷한 수준의 마나양은 되어야 해요. 그래야

내 마나에서 혜원 언니의 마나를 보호해 줄 수 있으니까요."

마리아의 말에 김호철이 말했다.

"그럼 제가 하면 안 됩니까? 전에 보니 제 마나가 엄청 많다고 하는 것 같던데."

전에 정민이 김호철의 스텟을 확인했을 때 행복 사무소 직원들이 마나의 양에 다들 놀랐던 것이 떠오른 것이다.

"김호철 씨 마나 양이라면 충분하고도 남아요. 저보다 마나 양만큼은 더 높으니까요. 하지만 문제는 김호철 씨의 마나 운용 능력이에요."

"그럼 안 된다는 겁니까?"

고개를 끄덕이는 마리아의 모습에 김호철이 입술을 깨물었다.

"그럼 다른 능력자를 구하면 되지 않습니까?"

김호철의 말에 마리아가 작게 고개를 저었다.

"왜?"

김호철의 중얼거림에 박천수가 대신 답했다.

"마리아가 나이가 적고 우리 곁에 늘 있어서 편하고 쉽게 생각하는 것은 당연하지만…… 우리 마리아는 능력자 중에서도 최고 수준이야."

"그래도 있기는 할 것 아닙니까."

"있기는 하지. 국내 다섯 손가락에 들어가는 길드의 최고 능력자들이라면 마리아와 견줄 만하지."

"그럼 그들에게 부탁을 하면 되잖습니까. 의뢰 비용이라면 제가 부담하겠습니다."

김호철의 말에 잠시 말이 없던 마리아가 입을 열었다.

"해주지 않을 거예요."

"아니, 왜요? 돈이 많이 들어서요?"

김호철의 물음에 마리아가 고개를 저었다.

"돈 문제가 아니에요. 문제는 마나의 충돌을 각오해야 한다는 거예요."

"마나의 충돌?"

"혜원 언니의 마나도 대단해요. 저보다 어쩌면 많을 수도 있어요. 그런 언니의 마나를 보호하고 제 마나를 밀어내야 하는 일이에요. 잘못하면 죽을 수도 있을 만큼……."

"위험하다는 겁니까?"

"그래요. 저와 혜원 언니의 마나를 동시에 상대해야 하니까요. 하려고 할 능력자가 없을 거예요."

마리아의 말에 김호철이 입술을 깨물었다.

"그럼…… 다른 방법은 없습니까?"

김호철의 물음에 마리아가 입을 열었다.

"어렵기는 하겠지만 한 가지 더 있어요."

"그건 뭡니까?"

"칠장로 중 한 명인 이금례 여사를 찾아야 돼요."

"칠장로?"

들은 적이 있었다. 이규대가 전에 복사를 하면서 결계 넘어서 볼 수 있는 사람은 칠장로급 능력자라고 했었다.

"그게 누굽니까?"

"정신 능력자로는 세계에서도 손에 꼽히는 능력자예요."

"그럼 그분을 찾으면……."

"제가 마지막에 이금례 여사에 대해 말을 한 것은 가장 어려운 방법이기 때문이에요."

"사람 하나 찾는 것인데 왜?"

"어디에 있는지 아무도 모르니까요."

"그럼 다른 칠장로를 찾으면 되지 않습니까? 칠장로가 그리 대단하다면 혜원이를 보호해 줄 수 있지 않습니까?"

"다른 칠장로도 어디에 있는지 몰라요."

마리아의 말에 정민이 의아한 듯 말했다.

"다른 사람들은 몰라도 한 명은 확실히 어디에 있는지 알잖아요."

정민의 말에 박천수와 마리아가 눈을 찡그렸다. 하지만 김호철은 화색을 하며 정민을 바라보았다.

"그게 누군데? 아니, 어디 있는데?"

김호철의 물음에 정민이 박천수와 마리아의 눈치를 살

폈다. 두 사람이 자신이 말을 한 순간 인상을 쓴 것을 본 것이다.

그런 정민의 모습에 김호철이 박천수를 바라보았다.

"박 팀장님."

김호철의 부름에 박천수가 한숨을 쉬고는 말했다.

"칠장로 중에 대외적으로 활동하는 사람이 한 명이 있지."

"그게 누굽니까?"

"대한 능력자 협회 회장이자 조선 길드의 길드 마스터 백진 어른."

"백진?"

"전에 북한에 갔을 때 본 백유 어른의 동생이다."

"그럼 그분에게 가서 부탁을 하면⋯⋯."

"물론⋯⋯ 칠장로 중 한 명인 백진 어른이라면 혜원이 치료할 수 있을 거다. 하지만⋯⋯."

잠시 말을 멈춘 박천수가 김호철을 바라보았다.

"그 대가는 어떻게 할래?"

"돈이라면⋯⋯."

"돈이라면 너보다 백진 어른이 더 많다. 그 양반 재산이 조 단위다."

"재산이 조 단위?"

"헌터인 우리들도 재산이 몇십억에서 몇백억인데 그런 양반의 재산이 우리와 비슷할 것 같아?"

생각을 해보니 맞았다. 자신도 헌터 얼마 되지도 않았는데 몇십억을 통장에 넣어 놨으니 말이다.

그런 김호철을 보며 박천수가 말을 이었다.

"그런 어른은 돈으로 움직일 수 없다."

"그럼?"

"하지만 너에게 백진 어른이 원하는 것이 하나 있지."

"어떤?"

"멍청하기는……. 조한석이 조선 길드 사람이고 조선 길드는 백진 어른의 것이다. 전에 조한석이 너한테 뭐 부탁하러 왔었냐."

박천수의 말에 김호철의 얼굴이 굳어졌다.

"게이트…… 조사?"

김호철의 중얼거림에 박천수가 고개를 끄덕였다.

"백진 어른이 너에게 요구할 것은 그것밖에 없다."

박천수의 말에 김호철이 한숨을 쉬었다.

'어쩐다.'

잠시 생각을 하던 김호철이 혜원이를 바라보았다. 한 가지 걸리는 것만 없다면 게이트고 뭐고 당장 달려갈 것이다.

하지만…….

'신의 교단…….'

신의 교단이 걸렸다. 분명 찾아올 것이다. 그리고 그때는 그들과 싸워야 한다.

혜원이를 지키기 위해…….

김호철의 힘은 몬스터로부터 나오는데 몬스터가 사라질 수도 있는 게이트 조사를 하기에는 위험부담이 너무 큰 것이다.

고민을 하는 김호철을 보며 박천수가 고개를 끄덕였다.

"그럴 줄 알았다. 그래서 나나 마리아가 백진 어른에 대해 말하지 않은 거고."

김호철을 보던 박천수가 혜원이를 바라보았다.

"오늘 당장 뭘 어떻게 할 수 있는 것도 아니니 일단 혜원이 좀 씻기고 쉬게 하는 것이 좋겠어."

박천수의 말에 고윤희가 다가왔다.

"나하고 마리아가 씻길 테니 남자분들은 먼저 올라가 있어요."

"저도 같이."

김호철의 말에 고윤희가 눈을 부릅떴다.

"호철이…… 변태."

고윤희의 말에 김호철이 놀라 그녀를 볼 때 마리아가 한숨을 쉬었다.

"호철 씨가 그런 분인 줄 몰랐어요."

두 여자의 반응에 김호철이 그녀들을 보다가 급히 고개를 저었다.

"두 분을 보려는 것이 아니라 제 동생을……."

"여동생."

마리아가 짧게 하는 말에 김호철이 그녀를 바라보았다.

"네?"

"동생에 '여'라는 말이 빠졌어요. 여동생."

그러고는 마리아가 고개를 저었다.

"아무리 친오빠라고 해도 혜원 언니는 호철 씨가 자기 씻겨 준 것을 알면 죽고 싶을걸요."

"내 오빠가 그런 짓을 했다가는 죽여 버렸을 거야."

자신을 놀리는 것이 분명한 두 사람의 말에 김호철이 혜원이를 바라보았다.

그리고 알았다.

'아…… 혜원이가 이제는 아가씨구나.'

그리고 자신이 참 바보 같은 말을 했다는 것을 알았다. 아무리 친오빠라고 해도 다 큰 아가씨를 목욕시키는 것은…… 혜원이가 정신을 차렸을 때 맞아 죽을 일이다.

"그럼 부탁드리겠습니다."

"어서들 올라가요."

마리아의 말에 김호철이 직원들과 함께 지하 훈련장을 나왔다. 카페에 올라간 박천수가 바 안으로 들어가더니 음료수들을 꺼냈다.

"거기 들어가면 소장님이 싫어할 텐데."

정민의 중얼거림에 박천수가 웃었다.

"싫어하는 일이 어디 한두 개던. 그리고 목마르다."

직원들 앞에 잔을 하나씩 놓고는 주스를 따른 박천수가 김호철을 바라보았다.

"신의 교단이라는 놈들 어때 보이던?"

박천수의 물음에 김호철이 작게 고개를 저었다.

"미친 광신도들처럼 보였습니다."

"흠…… 템플 기사단과 비슷한 놈들인가 보네."

"템플 기사단은 뭡니까?"

"기독교에서도 이단시하는 놈들인데 일종의 기독교에 미친 광신도 능력자들이라고 보면 돼."

"그놈들 사고도 되게 많이 쳐요. 오죽하면 같은 기독교인 바티칸에서 현상금까지 걸었겠어요."

정민의 말에 김호철이 말했다.

"신의 교단과 같은 놈이 많아?"

김호철의 물음에 정민 대신 박천수가 고개를 끄덕였다.

"능력자라는 것은 어떻게 보면 인간을 초월했다 볼 수 있지. 그러다 보니 능력자 중에서는 자신들이 인간보다 우월

하다거나 신에게 선택을 받았다고 생각하는 놈들이 있어."

"5년 전, 미국 백악관 습격 사건 알아요?"

정민의 말에 김호철이 고개를 끄덕였다.

"기억 나. 그때 난리도 아니었잖아."

5년 전, 능력자들이 백악관을 습격한 일이 있었다. 다행히 대통령 보디가드 능력자들이 그들을 격퇴하기는 했지만 백악관의 상징인 하얀 건물이 새까맣게 타버리고 말았었다.

"그때 일을 벌인 놈들이 바로 백인 우월주의자 능력자였어요."

"그래?"

"그래요. 그만큼 능력자들이 뭔가에 미치면 앞뒤를 생각하지 않아요. 다른 곳도 아니고 백악관을 칠 생각을 다 하니말이에요."

정민의 말에 박천수가 고개를 끄덕였다.

"능력이라는 것이 사람 가리지 않고 랜덤으로 생기니 별의별 놈이 다 있어. 특히 위험한 것이 종교에 미친놈들이 능력을 가지는 일이야."

"그렇습니까."

"너나 우리 같은 사람들이야 배부르고 등 따시면 최고라생각하지만 종교에 미친 광신도 놈들은 그렇지 않아. 자신이믿는 신이 세상의 유일신이 되어야 한다고 믿거든. 그리고 자신들이 하는 모든 일이 신의 뜻이라 생각을 해. 그러니 사람들을 죽이고 건물을 부숴도 양심의 가책을 느끼지 않지. 그래서 위험한 거야."

박천수의 말에 김호철이 고개를 끄덕였다.

"맞는 말이군요."

"그래, 아주 많이 맞아서 더 위험하지."

박천수의 말에 김호철이 한숨을 쉬었다. 그러고는 잠시 있다가 박천수를 바라보았다.

"저는……."

잠시 말을 멈췄던 김호철이 주스 잔을 만지다가 입을 열었다.

"그만둬야 합니까?"

"뭘?"

"제가 여기에 있으면 사무소가 위험해질 겁니다."

김호철의 말에 정민이 웃었다.

"그래서 형 나가시게요?"

정민이 웃는 것에 김호철이 그를 바라보았다.

"나 때문에 여기 있는 분들이 위험해질……."

"에이! 괜찮아요."

별것 아니라는 듯 말하는 정민을 김호철이 의아한 눈으로 바라보았다.

"괜찮아?"

"헌터 일 자체가 이미 위험한 일이에요. 거기에 신의 교단인지 뭔지 좀 낀다고 별다른가요."

정민의 말에 박천수가 고개를 끄덕였다.

"그건 정민이 말이 맞아. 게다가 여기 있는 사람들도 다 착하게 산 것만은 아니야. 등 찌르고 싶어서 안달이 난 놈을 한 다스씩은 가지고 있어."

김호철의 빈 잔에 주스를 다시 따르며 박천수가 말했다.

"나가고 싶을 때는 언제든 나가도 된다. 하지만 여기 사람들이 걱정되서라는 개떡 같은 이유라면 나가지 마. 너한테 걱정받을 정도라면 이 바닥 떠야지."

박천수의 말에 김호철이 그를 보다가 미소를 지었다.

"감사합니다."

"감사는 무슨……. 열심히 일이나 해."

일이라는 말에 김호철이 웃으며 말했다.

"뼈 빠지게 일을 하겠습니다."

"그렇게 하든가."

박천수의 말에 옆에 있던 오현철이 김호철을 바라보았다.

"그런데 땅 보러 간 곳은 살 거야? 귀신 나오는 곳이라며?"

오현철의 말에 김호철이 그를 바라보았다.

"고 팀장님한테 이야기 들었습니까?"

"대충 들었어. 귀신 엄청 많은 곳이라며?"

"귀신은 많기는 한데 경치가 좋아서요. 그리고 귀신들이랑 이야기가 통하기도 하고. 흠⋯⋯."

말을 하던 김호철이 문득 팔짱을 끼고는 말했다.

"게다가 귀신 중에 엄청 강한 놈도 있습니다."

"이야기 들었어. 인황사자?"

"최소한 데스 나이트급 정도로 보였습니다."

"그렇게 강해?"

오현철이 놀란 듯 바라보자 김호철이 고개를 끄덕였다. 그러고는 잠시 생각을 하다가 말했다.

"그 땅, 살 겁니다."

"사게? 귀신이 그리 많은데?"

"귀신이라고 해도 말도 통하니 사람과 다를 바가 없을 것 같습니다."

"경치가 얼마나 좋은지 한번 가 보고 싶네."

"땅 사고 야유회라도 한번 가지요. 경치가 정말 좋습니다."

"좋네. 귀신들하고 야유회라, 후!"

웃으며 주스를 마시는 오현철을 보던 김호철이 무슨 생각이 들었는지 몸을 일으켰다.

"이 근처에 여자 옷 파는 곳 있습니까?"

"옷?"

"혜원이 옷 갈아입혀야죠."

"그거야 마리아나 윤희한테 맡기면 되지. 뭘 네가 신경 써."

"그래도……."

"괜히 이상한 거 사 와서 걸레 만들지 말고 이따 윤희나 마리아와 함께 가서 사."

오현철의 말에 박천수도 동감이라는 듯 고개를 끄덕였다.

"여자 옷 사는 게 쉬운 일이 아니지. 네 눈에 아무리 예쁘게 보여도 받는 여자가 마음에 안 들면 그걸로 욕 듣기 딱이지."

웃으며 말을 한 박천수가 전화기를 꺼냈다.

"그리고 신의 교단인가 뭔가는 내가 SG와 능력자 협회에 알린다."

"알려야 합니까?"

"국내나 국외에 이런 위험한 능력자 집단을 발견하면 협회와 SG에 신고를 해야 해."

"그건 왜?"

"왜는 무슨. 위험하니까. 왜 신고하기 싫어?"

"그건 아니지만 괜히 신고했다가 귀찮지 않을까요?"

김호철의 말에 박천수가 웃으며 고개를 끄덕였다.

"물론 귀찮겠지. 이런 신고하면 조사하러 사람들 나오니까. 하지만 이런 자료들이 모여야 우리들이 정보를 받을 수 있는 거야. 귀찮다고 아무도 신고하지 않고 보고하지 않는다면 신의 교단에 대해 우리만 알고 끝이잖아."

박천수의 말에 김호철이 입맛을 다셨다. 맞는 말이었다. 신의 교단에 대해 누군가 먼저 신고를 했었다면 김호철도 그들에 대해 알았을지도 모르니 말이다.

"알겠습니다."

"오케이!"

김호철의 말에 박천수가 능력자 협회에 전화를 걸었다. 그러고는 짧게 말했다.

"행복 사무소인데요. 그 위험한 단체 하나 발견해서 신고 좀 하려고요. 한국은 아니고 일본…… 네, 인원이나 그런 것은 모르겠는데 상당한 규모로 보입니다. 이름은 신의 교단이라고 하는 것 같습니다. 네. 한 시간 후? 그렇게 합시다."

전화를 끊은 박천수가 김호철을 바라보았다.

"협회에서 SG에 연락해서 한 시간 후에 이리로 온대."

"한 시간? 금방 오네요."

"이런 놈들은 협회와 SG도 심각하게 생각을 하니까."

이야기를 나누는 사이 지하 훈련장 문이 열리며 고윤희가 들어왔다.

"자! 모두 놀랄 준비들 하시고!"

고윤희의 말에 김호철과 사람들이 그녀를 바라보았다. 그리고 고윤희가 웃으며 몸을 비켰다.

그러자 고윤희 뒤에 혜원이가 올라왔다.

"와! 혜원 누나 엄청 예쁘네."

정민의 말에 김호철도 고개를 끄덕였다. 자기 동생이었지만 혜원이는 무척 예뻤다.

하얀 원피스에 곱게 빗어 넘긴 머리, 거기에 살짝 붉은 립스틱까지⋯⋯.

"옷은?"

"내 옷 입혔어."

"그렇군요."

"그럼 우리는 혜원이 데리고 잠시 나갔다 올게."

"어디를 가시려고요?"

"단벌로 있을 것 아니면 옷이라도 맞춰놔야 할 것 아냐. 쇼핑하고 올게."

웃으며 혜원이 손을 잡고 나가는 고윤희의 모습에 김호철이 급히 다가갔다.

"저도 같이⋯⋯."

김호철의 말에 박천수가 말했다.

"너는 능력자 협회 사람들 기다려야지."

"한 시간이면⋯⋯."

"윤희, 쇼핑 한번 하러 가면 하루다. 괜히 따라가서 보채지 말고 그냥 있어."

박천수의 말에 김호철이 문 쪽을 바라보았다. 이미 고윤희
와 혜원이는 문을 통해 나가 버리고 보이지 않았다.

"그래도 불안한데……."

"윤희가 따라갔으니 괜찮아. 아얏!"

말을 하던 박천수가 비명을 질렀다. 어느새 바 안에 들어
온 마리아가 그의 옆구리를 꼬집은 것이다.

"내가 여기 들어오지 말랬죠."

"알았어, 알았다고."

옆구리를 꼬집는 마리아의 손을 피해 박천수가 바 밖으로
급히 나왔다.

그런 두 사람을 보며 김호철이 미소를 지었다.

오늘 아침만 해도 죽고 죽이는 싸움을 하던 김호철은 지금
이 모습을 보고 있으니 집에 온 듯한 편안함을 느꼈다.

'사무소…… 좋구나.'

작게 미소를 짓던 김호철이 몸을 일으켰다.

"저, 방 좀 청소하고 오겠습니다."

"방?"

"혜원이 몸이 낫기 전까지는 제 방에서 같이 지내……."

김호철의 말에 마리아가 눈을 찡그렸다.

"변태."

마리아의 말에 김호철이 그녀를 바라보았다.

"아니…… 그게."

무슨 말만 하면 변태라고 하는 마리아의 모습에 김호철은 당황스러울 뿐이었다.

'다 컸어도 동생인데 잠 정도는 같이 자도 되는 것 아닌가.'

"네, 그 땅 사려고요. 음, 가격이 좀 걸리는데…… 낮춰주세요."

김호철은 귀신 나오는 땅을 사기 위해 부동산 중개업자와 통화를 하고 있었다.

-진짜 그 땅 사실 겁니까?

"네, 땅 주인한테 연락 한번 해보시고 답 주세요."

-아…… 알겠습니다. 제가 최대한 가격 떨어뜨리고 연락 드리겠습니다.

"그리고……."

잠시 말을 멈춘 김호철이 입을 열었다.

"제가 그 땅 사면 주변에 더 이상 귀신 문제는 없을 겁니다."

김호철의 말에 전화 너머에서 잠시 말이 없었다. 그리고 잠시 후…….

-그게…… 진짜입니까?

"한두 번 정도는 일이 생길지 모르겠지만 지금처럼 귀신들이 막 나오고 하는 일은 없을 겁니다."

-그렇다면야…… 정말 좋은 일이네요.

전화 너머에서 들리는 중개사의 목소리를 살짝 떨려왔다. 그럴 수밖에 지금 그 일대 땅은 귀신 나오는 지역이란 소문에 땅 매매가 이뤄지지 않고 있었다.

그 때문에 그 일대 땅을 팔고 싶은 사람들은 넘쳐 나도 사겠다는 사람이 없었다.

그러니 귀신들만 사라진다면 땅값은 다시 오를 것이다. 펜션이 들어설 정도로 그곳의 경치는 좋고 휴양지로 딱이니 말이다.

그런데 김호철이 귀신이 나오지 않을 것이라고 확답을 했고, 그렇게 되면 이 정보를 먼저 알고 있는 공인중개사는 떼돈을 벌 것이다.

매매를 통해 중개료를 벌어도 되고 어디서 돈을 끌어모아 노른자 땅을 사 나중에 다시 팔아도 돈이 되는 것이다.

공인중개사의 목소리를 들으며 김호철이 입을 열었다.

"하지만……."

-네?

"6억 이하가 아니면 사지 않을 겁니다."

−6억 이하…….

김호철이 사려는 땅은 8억 2천이다. 원래라면 14억은 족히 가야 할 땅이지만 귀신 때문에 6억이 떨어진 것이다. 그런데 거기서 2억을 더 깎자니…….

−…….

답이 없는 중개인을 향해 김호철이 말했다.

"제가 그곳에 살면 그쪽 땅값 오를 겁니다. 잘 생각해 보시고 연락 주세요."

땅값이 오를 것이라는 것 중개사만 알고 있는 것이 아니다. 김호철도 그 정도 생각을 할 머리는 있는 것이다.

−알겠습니다. 제가…… 일단 연락을 좀 돌려보고 전화드리겠습니다.

중개인과 전화를 끊은 김호철이 핸드폰을 내려놓는 것을 보며 마리아가 의아한 듯 물었다.

"호철 씨가 거기 살면 땅값이 오른다는 게 무슨 말이에요."

"그쪽 땅값이 떨어진 게 귀신이 나와서입니다."

"귀신들 다 없애려고요? 한둘이 아니라고 하던데?"

"인황사자는 이야기가 통합니다. 인황사자를 통해 귀신들과 적당히 거래해서 일을 풀어보려 합니다."

"인황사자하고? 어떤?"

"귀신들이 몰려 있는 지역이 있었는데 그곳 땅을 사서 귀신들이 살게 하고 다른 곳으로 가지 못하게 할 겁니다."

"흠…… 귀신들에게 땅을 사준다? 그럴 돈이 되겠어요?"

마리아의 물음에 김호철이 미소를 지었다.

"제 돈으로 그 땅을 사겠다는 말은 아니었습니다."

김호철의 말에 박천수가 고개를 갸웃거렸다.

"그럼 누구 돈으로 사려고?"

"누구기는 누구입니까. 그 땅에 살 놈들 돈이지."

박천수가 의아한 듯 그를 바라보았다.

"귀신들 살 땅 사겠다면서?"

"그렇습니다."

"그럼 귀신들한테 땅을 사라고 하려는 거야? 귀신들이 돈이 어디 있어?"

박천수의 물음에 김호철이 미소를 지었다.

"생각을 해보니…… 능력자면 다 돈을 많이 벌지 않습니까?"

"그야 그렇지. 하지만 걔들은 귀신이잖아."

"귀신이라도 살아 있을 때는 능력자……. 어딘가에 돈 될 만한 것을 숨겨 놨거나 있겠죠. 모든 귀신이 능력자는 아니니 다 돈은 없겠지만 있는 귀신은 있을 겁니다. 게다가 죽어서까지 돈돈 하지는 않을 테고 물어봐서 돈 될 만한 것 찾아서 땅값을 지불할 겁니다."

박천수와 오현철, 그리고 정민이들이 멍하니 김호철을 바라보았다.

그리고 잠시 있던 정민이 입을 열었다.

"지금…… 귀신들 삥을 뜯어서 땅을 사겠다는 거예요?"

"죽은 사람들이 돈이 무슨 필요가 있겠어. 돈이야 산 사람들이 쓰는 건데."

김호철의 말에 박천수가 그의 어깨를 두들겼다.

"네가 난 놈은 난 놈이다. 귀신 삥을 뜯을 생각을 다 하다니……."

"궁하면 통한다고 제가 돈이 어디에 있습니까."

그러고는 김호철이 직원들을 보며 말했다.

"여러분도 돈 있으면 그쪽 땅 좀 사세요."

"땅?"

"가 보면 알겠지만 경치가 아주 좋아요. 집 지어 살아도 되고 아니면 땅 사서 땅값 오르면 그때 다시 팔아도 되고요."

김호철의 말에 마리아가 생각을 하다가 고개를 끄덕였다.

"흠…… 땅 좀 살까?"

마리아의 말에 박천수가 웃었다.

"이야! 부평 큰손이 움직이는 건가?"

박천수의 말에 마리아가 눈을 찡그렸다.

"내가 그런 소리 하지 말라고 했죠."

"왜? 큰 손은 큰 손이잖아."

박천수가 슬쩍 손을 가리키자 마리아의 머리카락이 천천히 솟구치기 시작했다.

"이크! 농담이야! 농담!"

박천수의 말에 마리아가 작게 한숨을 쉬고는 솟구치는 머리카락을 손으로 정리했다.

"쓸데없는 소리 하지 말아요."

"알았다니까."

웃으며 이야기를 나눈 박천수가 김호철을 바라보았다.

"그래서 땅 사두면 땅값이 오른다?"

"귀신만 사라지면 분명 땅값 오릅니다."

"흠…… 그럼 투자 가치는 있겠네. 기간은?"

"귀신이 안 나온다는 걸 사람들이 알 시간이 필요하니 아마 두 달 정도면 수익 보고 나올 겁니다."

"두 달이라……. 괜찮네. 오케이! 다음에 거기 갈 때 나도 같이 가 보자. 땅을 사서 묵히든 집을 짓든 가서 보고 결정하자고."

박천수가 직원들을 바라보았다.

"아까 호철이가 말을 한 대로 땅 보러 갈 때 다 같이 소풍이라도 가자."

"소풍! 아싸!"

정민이 좋아하는 것을 보던 마리아가 웃으며 말했다.

"그럼 날 정해지면 말해주세요. 맛있는 카레로 도시락 싸가 먹으면 맛있을 거예요."

마리아의 말에 박천수가 급히 고개를 저었다.

"뭘 그렇게까지. 소풍이니까 가는 길에 사 먹자고."

"직원들 소풍인데 제가 챙겨야죠."

"그럼 밥만 좀 하고 고기나 좀 사서 구워 먹자. 카레는 번거롭잖아."

"그런가요?"

"그래, 그렇게 하자."

하루에 한 끼 이상을 마리아가 만드는 카레를 먹는 박천수로서는 소풍까지 가서 카레를 먹을 생각이 없는 것이다.

그런 박천수의 모습에 김호철도 고개를 끄덕였다.

"그렇게 하죠. 가볍게 가서 가볍게 오는 걸로."

"호철이가 소풍을 아는구나."

"흠…… 그럼 그렇게 해요."

마리아의 수락에 박천수가 안도의 한숨을 쉬었다.

딸랑!

박천수가 안도할 때 문이 열리는 소리가 들려왔다. 김호철이 고개를 돌려 보니 전에도 본 적이 있는 조한석이 안으로 들어오고 있었다.

조한석의 모습에 박천수가 웃었다.

"조선 길드는 일을 하는 사람이 조 선비뿐인가? 북한도 그렇고 전에도 그렇고 늘 조 선비만 보는군."

박천수의 말에 조한석이 고개를 끄덕였다.

"어쩌다 보니 그렇게 되는군요. 제가 행복 사무소와 인연이 있는 모양입니다."

"그럴 수도 있겠군. 자! 조 선비도 바쁠 테니 바로 이야기 시작하자고."

박천수의 말에 조한석이 자신과 함께 들어온 정장을 입은 사내를 가리켰다.

"이쪽은 SG 조사관 이영복 씨입니다."

조한석의 소개에 이영복이 명함을 꺼내 내밀었다.

"SG 7급 수사관 이영복입니다."

"행복 사무소 박천수요."

박천수가 지갑에서 명함을 꺼내 서로 명함을 교환했다. 그 모습을 보던 조한석이 말했다.

"신의 교단이라는 것 혹시 전에 한국에서 사고 친 일본인들과 관련이 있는 것입니까?"

조한석의 말에 박천수가 김호철을 바라보았다.

"호철아."

박천수의 부름에 김호철이 다가왔다.

"궁금한 건 호철이에게."

그러고는 박천수가 고개를 돌리자 조한석이 김호철을 바라보았다.

"김호철 씨가 제보자인 모양이군요."

"그렇습니다."

"흠……."

잠시 김호철을 보던 조한석이 고개를 끄덕이고는 빈 탁자로 다가갔다.

"일단 앉죠."

빈자리에 앉는 조한석의 앞에 앉던 김호철은 문득 그런 생각이 들었다.

'그런데 카페에 늘 우리만 있네.'

수정 카페는 꽤 널찍한 공간을 가지고 있다. 대부분 직원들은 마리아와 가까운 바에 앉아 밥을 먹고 차를 마시지만, 바 외에도 편안한 소파와 탁자로 된 자리가 꽤 있는 것이다.

하지만 그런 자리들이 민망하게 늘 비어 있었다. 손님들이라고는 직원들이나 가끔 의뢰를 하러 오는 사람들뿐인 것이다.

'주업이 능력자 사무소이니 망하지는 않겠지만…… 이럴 거면 카페는 왜 차려 놓은 거지?'

그런 쓸데없는 생각을 하는 김호철의 앞에 앉은 이영복이 수첩을 꺼내놓고는 말했다.

"제보하신 신의 교단에 대해 말해주시겠습니까?"

이영복의 말에 김호철이 고개를 끄덕였다.

"저도 자세한 것은 알지 못합니다."

"알고 계신 것만 말해주시면 됩니다."

뭔가 조사를 받는다는 생각에 긴장이 되는 것을 느낀 김호철이 입을 열었다.

"어떻게 말을 해야 할지……."

김호철이 긴장을 하고 있는 것을 느꼈는지 이영복이 편한 미소를 지었다.

"그냥 신의 교단에 대한 생각과 보고 들으신 것을 이야기하듯 하시면 됩니다. 그럼 제가 그 이야기를 듣고 궁금한 것을 묻는 형식으로 진행할 것입니다. 중요한 것은 김호철 씨가 편하게 이야기를 하는 것입니다."

이영복의 말에 김호철은 조금 긴장이 풀리는 것을 느끼고는 천천히 신의 교단에 대한 것을 이야기했다. 물론 중요한 내용 중 하나인 동생에 관한 것은 말을 하지 않았다. 혹시라도 조사를 하겠다고 동생을 귀찮게 할 수도 있으니 말이다.

"신의 아이라……. 그들이 번호라 불린다?"

"그렇습니다."

"그럼 몇 번을 만나셨습니까?"

"1번, 2번, 3번, 9번……."

잠시 말을 멈췄던 김호철이 고개를 끄덕였다.

'14번이 혜원이라는 말만 하지 않으면 되겠지.'

"14번을 만났습니다."

"14번이라……. 그럼 최소한 신의 아이라 불리는 자들이 14명은 있다는 거군요. 아! 1번을 죽이셨다고 했으니 13명이군요."

수첩에 무언가를 적어 가던 이영복이 김호철을 보며 말했다.

"어떻게 생각하십니까?"

"뭐가 말입니까?"

"신의 아이들이 더 있을 것이라 생각하십니까?"

이영복의 물음에 김호철이 고개를 끄덕였다.

"더 있을 것 같습니다."

"흠…… 신의 아이들이 강하다 했는데 1번을 김호철 씨가 죽였습니다. 그럼…… 김호철 씨보다는 약하다 생각을 해도 되겠습니까?"

이영복의 말에 김호철이 그를 보다가 피식 웃었다.

"저보다 약하면 약할 것이라 생각을 하십니까?"

"아! 그런 의미가 아니었습니다. 신의 아이라는 자들의 수준을 잡을 기준이 필요해서 김호철 씨를 예로 들었을 뿐입니다."

"일단…… 저 강합니다. 그리고 그놈들은 저보다 더 강합니다. 1번을 죽인 것은 운이 좋았습니다."

무시받는다 생각을 해서 자신이 강하다 말을 한 것이 아니다. 혹시라도 신의 교단의 힘을 저평가할까 싶어 경고를 하고자 한 것이다.

김호철의 말에 조한석이 고개를 저었다.

"김호철 씨는 A급 능력자 이상의 힘을 가지고 있습니다."

"A급이라……. 대단하군요. 그렇다면 신의 아이들의 능력도 최소한 A급이라 생각을 해야 하는데 그런 자들이 최소한 열세 명이라……."

김호철의 말에 이영복이 수첩에 내용들을 적기 시작했다.

8장
능력자 랭킹

신의 교단에 대한 조사를 마친 이영복이 수첩을 정리하며
말했다.

"궁금한 것이 더 있으면 연락드리겠습니다."

"그렇게 하세요."

이영복과 함께 자리에서 일어나는 조한석을 보며 김호철
이 말했다.

"잠시 따로 할 이야기가 있는데요."

김호철의 말에 조한석이 이영복을 보자 그가 고개를 끄덕
였다.

"밖에서 기다리겠습니다."

이영복이 밖으로 나가자 조한석이 김호철을 바라보았다.

"무슨?"

"조선 길드의 마스터는 어떤 분이십니까?"

김호철의 물음에 조한석이 그를 보다가 말했다.

"조금 괴짜이기는 하지만 좋은 분입니다. 자신의 이익보다는 세상의 안전을 더 생각하시는……."

조한석의 말에 김호철은 속으로 한숨을 쉬었다.

'자신의 이익이 아닌 세상의 이익이라……. 그럼 돈으로는 도와주지 않겠구나.'

하긴 돈으로 해결된다 해도 길드 마스터급이나 되는 사람을 부릴 돈이 김호철에게는 없었다.

"그런데 그걸 왜? 혹시……."

슬쩍 행복 사무소 직원들을 본 조한석이 살며시 속삭였다.

"저희 길드로 오고 싶은 것이라면 제가 미리 자리를 마련해 드리겠습니다."

조한석의 말에 김호철이 웃으며 고개를 저었다.

"그런 것 아닙니다. 한국 최고의 길드 마스터라 하니 조금 궁금했던 것뿐입니다. 그럼 조심해서 가십시오."

"언제든지 생각 있으시면 연락 주십시오. 아! 그리고 도움이 필요하셔도 연락하십시오."

조한석이 명함을 꺼내 주자 김호철이 그것을 받았다.

"아직 저는 명함이……."

"호철이 명함."

김호철의 말에 바에서 박천수가 명함 케이스를 던졌다.

탓!

그것을 받아 든 김호철이 케이스를 보자 박천수가 웃으며 말했다.

"만들어 놓은 지는 꽤 됐는데 잊고 있었네."

박천수의 말에 마리아가 한숨을 쉬었다.

"호철 씨 들어온 게 언제인데 아직도 명함을 안 줬어요?"

"그동안 바빴잖아."

"바쁘기는……."

그런 두 사람의 대화를 들으며 김호철이 명함갑을 열어 한 장을 꺼내 바라보았다.

〈행복 능력자 용역 사무소〉

현장 용역 2팀 김호철

간단하지만 어쩐지 소속감이 느껴지는 명함을 보던 김호 철이 그것을 조한석에게 내밀었다.

"제 첫 번째 명함을 드리게 되는군요."

"후! 기분 좋군요."

웃으며 명함을 받은 조한석이 고개를 숙여 인사하고는 카페를 벗어났다.

김호철은 가고일을 타고 하늘을 날고 있었다.

"으! 춥다."

생각보다 춥다는 생각을 한 김호철이 다음부터는 패딩이라도 입고 다녀야겠다는 생각을 하며 밑을 내려다보았다.

어두컴컴한 땅에는 간간히 불빛이 보이고 있었다. 도시를 지나갈 때에는 화려한 야경이 보기 좋았는데 산간 쪽에 들어서니 보이는 거라고는 가끔씩 보이는 불빛이 전부였다.

하지만 그것도 잠시 마을의 불빛들이 보이기 시작했다. 한국 땅덩어리라는 것이 아주 깊은 산골이 아니면 사람 살지 않는 곳이 없었다.

펄럭! 펄럭!

그렇게 빠르게 날아가던 김호철의 핸드폰이 울렸다.

우웅! 우웅!

핸드폰이 울리는 것에 김호철의 얼굴에 감탄이 어렸다.

'역시 대한민국……'

그리 높지 않게 날고 있다 하지만 하늘을 날고 있는데 통신이 터지니 말이다.

그에 김호철이 전화를 받았다.

"여보세요!"

─깜짝이야.

전화기 너머로 놀라는 박천수의 목소리에 김호철이 입가를 막고는 말했다.

"바람이 많이 불어서요. 들리세요?"

─그 정도면 잘 들려.

"혜원이 들어왔습니까?"

─방금 들어왔어. 언제 돌아올 것 같아?

"게이트가 새벽 네 시쯤 열린다고 하니까. 일 끝나면 내일 점심때쯤 올라갈 겁니다."

─그런데 오늘 같은 날은 그냥 쉬지그래. 아침부터 힘들었잖아. 신의 교단인가 하고도 싸우고.

"지금 제가 어디 쉴 때인가요. 돈 벌어서 혜원이 편하게 해주려면 지금부터 열심히 벌어야죠."

김호철은 경상도 해운대에 게이트가 열린다는 능력자 협회 공지를 보고는 지금 그곳으로 날아가고 있었다.

그리고 김호철은 돈이 필요했다. 혜원이를 치료하려면 돈도 많이 필요하고 말이다. 그래서 혜원이와 더 있고 싶었지만 돈을 벌러 가고일을 타고 해운대로 향하고 있는 것이다.

'이게 아버지들의 마음인가?'

해운대로 향하면서 김호철은 문득 그런 생각이 들었다. 사랑하는 자식들을 잘 먹이기 위해 돈을 버는데 오히려 자식들과 보낼 시간이 없는…….

그런 생각이 들자 김호철이 작게 한숨을 쉬었다.

'아버지…… 혜원이 잘 돌볼게요.'

문득 아버지 생각이 든 것이다. 지금은 얼굴도 기억이 잘 나지 않는 아버지를 생각하던 김호철이 고개를 젓고는 앞을 바라보았다.

조금씩 바다 냄새가 나는 것을 보니 해운대에 거의 도착을 한 모양이었다.

펄럭!

고도를 낮춘 김호철이 핸드폰을 꺼내 위치를 확인했다.

'다 왔네.'

해운대라 표시된 점에 자신이 있음을 안 김호철이 밑을 내려다보았다.

밑에는 아파트 단지가 펼쳐져 있었다.

'여기 내려서 택시 타고 가야겠다.'

마음 같아서는 편하게 가고일을 타고 가고 싶지만 경험을 비춰볼 때…….

'총부터 쏴대겠지.'

분명! 반드시! 해운대에 가고일을 타고 가면 그곳을 지키는 군인들이 총부터 갈겨댈 것이다.

그래서 해운대에서 떨어진 이곳에서 택시를 타고 가려는 것이다.

그에 김호철이 가고일을 하강시켰다. 어두운 밤이니 창밖을 보는 사람들이 없기를 바라면서 말이다.

펄럭! 펄럭!

빠르게 하강을 하며 밑을 보던 김호철이 문득 위를 올려다보았다.

펄럭! 펄럭!

김호철이 위를 보자 하강하던 가고일이 멈추고는 천천히 상승을 하기 시작했다.

'방금 뭐였지?'

떨어지는 중이라 자세히는 보지 못했지만 한 아파트 창문에서 남자가 칼을 들고 여자를 향하는 모습을 본 것이다.

펄럭! 펄럭!

가고일을 움직여 위로 솟구친 김호철은 아파트 창문을 바라보았다.

그렇게 한 층, 한 층을 보며 오르던 김호철의 얼굴이 굳어졌다. 여자를 칼로 위협하는 남성이 보인 것이다.

여자는 전화기와 책 같은 것을 남성에게 집어 던지고 있었다.

그리고 창가로 도망치던 여자의 몸이 굳어졌다. 칼 든 남성을 피해 창가로 가 소리를 지르려 했는데…… 창가에 몬스터가 있는 것이다. 그리고 그것은 남성도 마찬가지였다. 여자를 쫓아 베란다 창으로 뛰는데 몬스터가 보인 것이다.

멈춰 버린 두 사람을 보던 김호철이 여자를 향해 뒤로 물러나라는 손짓을 했다. 그러자 여자가 주춤거리며 뒤로 물러났다. 그리고…….

와장창창!

창문 깨어지는 소리가 요란하게 울리며 김호철이 창을 뚫고 집 안으로 뛰어들었다.

쿵!

묵직한 소리와 함께 아파트 안으로 들어온 김호철이 사내를 바라보았다.

"너 뭐야? 도둑이야?"

몬스터를 타고 온 사람이 말을 하는 것에 사내가 주춤거리며 뒤로 물러났다.

김호철이 사람이라는 것을 안 여자가 소리를 질렀다.

"사람 살려!"

여자의 고함에 김호철이 눈을 찡그리고는 사내가 도둑이거나 아니면 더 나쁜 짓을 하러 왔음을 알았다.

"너 이리 와."

"오…… 오지 마!"

"그러니까 네가 이리 와."

"오…… 오면 찌른다."

사내의 외침에 김호철이 혀를 차고는 손을 들었다.

"그러든가."

파앗!

순간 김호철이 사내의 목을 움켜쥐고는 그대로 벽에 들어 올렸다.

"크으윽!"

김호철이 행복 사무소 직원들에 비해 힘이 약하다지만 그 역시 능력자다. 마나의 힘에 의해 일반인과는 비교할 수 없이 힘이 강하다. 사람 하나 들어 올리는 것은 문제가 아니었다.

신음을 흘리며 사내가 들고 있던 식칼로 김호철의 목을 찔렀다.

파앗!

자신의 목을 찌르려는 사내의 팔목을 잡은 김호철이 그대로 비틀었다.

우두둑!

"크아악!

팔목이 비틀리는 것에 비명을 지르는 사내를 노려보던 김호철이 그를 살짝 잡아당겼다가 그대로 벽에 찍었다.

쿵!

뒤통수를 벽에 부딪힌 사내가 신음을 흘리며 그대로 늘어졌다.

김호철이 여자를 바라보았다.

"괜찮으세요?"

"네? 네……."

"경찰에 신고하세요."

그제야 정신을 차린 여자가 경찰에 신고하는 것을 보던 김호철이 기절을 한 사내를 내려놓았다.

쿵!

거칠게 떨어지는 사내를 보던 김호철이 창문을 바라보았다.

"창문을 부숴 버렸네요."

김호철의 말에 여자가 부서진 창문을 멍하니 보다가 손을 들었다.

"모…… 몬스터가……."

여자의 말에 김호철이 창문 쪽을 보고는 웃었다. 창문 밖에는 가고일이 날개를 펄럭이며 떠 있었다.

"돌아와."

뇌전이 되어 돌아오는 가고일을 흡수한 김호철이 주위를 보다가 빗자루를 가져다 깨어진 유리창을 치우려 했다.

"괜찮습니다. 그리고 고맙습니다."

여자의 말에 고개를 끄덕인 김호철이 그녀를 바라보았다. 조금 가슴이 없어 보이는 것이 흠인 것 같지만 예쁜 외모였다. 그런 생각을 하던 김호철이 문득 피식 웃었다. 이런 상황에서도 여자 외모를 살피는 것을 보니 자신도 남자는 남자였다.

'그러고 보면 마리아나 윤희가 진짜 미인은 미인이야.'

길거리를 다니는 여자들을 봐도 둘만 한 미인은 보기 어려우니 말이다.

김호철이 쓰러져 있는 사내를 바라보았다.

"어쨌든 이놈 참 사이코군요. 사람 목에 칼을 쑤시려고 하다니."

자기나 됐으니 막았지 일반인이었으면 그대로 목이 찔려 죽었을 것이다. 말을 하던 김호철은 여자가 바들바들 떨고 있는 것을 보고는 입맛을 다셨다.

'해운대 가야 하는데…….'

해운대로 가야 하는데 이대로 여자만 두고 가기는 그랬다. 최소한 경찰이 올 때까지는 기다려야 할 것 같았다.

애애앵! 애애앵!

다행히 경찰 사이렌 소리가 들려오기 시작했다. 그리고 잠시 기다리자 문을 두들기는 소리가 들렸다.

"경찰입니다! 문 여세요!"

밖에서 급하게 들리는 소리에 김호철이 문을 열어주었다.

타타탓!

경찰관 셋이 빠르게 들어오다가 쓰러져 있는 사내와 안의 모습을 보고는 급히 말했다.

"신고하신 분?"

"저요."

여자가 다가가 자초지종을 설명하자 경찰관들이 놀란 얼굴로 김호철을 바라보았다.

"몬스터? 아파트 창밖에서?"

경찰관의 중얼거림에 김호철이 명함을 꺼내 말했다.

"저는 행복 능력자 사무소 소속 김호철입니다. 해운대 게이트를 향해 가다가 밖에서 범죄 현장을 보고 일단 창으로 들어왔습니다."

"아……."

김호철의 말에 경찰관이 잠시 생각을 하다가 쓰러져 있는 사내를 깨웠다.

"이봐요! 일어나 봐요. 이봐요!"

사내가 일어날 생각을 하지 않자 김호철이 경찰관을 뒤로 물러나게 하고는 손을 내밀었다.

'약하게.'

"뇌전."

파지직!

순간 김호철의 손가락에서 뿜어진 뇌전에 사내의 몸이 파르륵 떨렸다.

"크으으윽!"

그리고 눈을 뜬 사내가 벌떡 몸을 일으켰다.

"으악!"

비명을 지르며 일어나는 사내를 급히 잡은 경찰관이 미란다 원칙과 죄목을 말해주고는 수갑을 채웠다.

"서에 가서 진술을 좀 해주십시오."

경찰관의 말에 여자가 고개를 끄덕였지만 김호철은 난감한 듯 고개를 저었다.

"게이트 때문에 해운대를 가야 하는데……."

"그리 오래 걸리지 않을 겁니다. 그리고 저희 경찰서에서 해운대에 차량 통제하러 사람이 가야 하니 진술이 끝나면 모셔다 드리겠습니다."

경찰관의 말에 여자가 김호철을 바라보았다. 혼자 가기 무섭다는 뜻이 분명한 여자의 시선에 김호철이 고개를 끄덕였다.

"그럼 알겠습니다. 하지만 오래는 못 있습니다."

경찰관이 고개를 끄덕이고는 사내를 잡아 밖으로 나가자

여자와 김호철이 그 뒤를 따랐다.

경찰서에 도착한 김호철은 생각보다 북적북적한 모습에 놀랐다.

"지금 시간이 몇 시인데 사람들이?"

김호철의 중얼거림에 경찰관이 한숨을 쉬었다.

"게이트 때문입니다."

"게이트하고 경찰서에 사람이 넘치는 것이 무슨 상관이 있습니까?"

김호철의 물음에 경찰관이 고개를 끄덕였다.

"게이트가 열리는 지역은 경찰들이 통제를 하느라 인원이 많이 갑니다. 그러다 보니 다른 지역 치안에 구멍이 나고 그 틈에 사건 저지르는 사람이 많습니다. 특히 게이트 통제 구역 내에서 도둑질 하는 놈, 아니, 사람들을 보면 참······ 할 말이 없습니다."

게이트 통제 구역이란, 게이트가 열리는 인근 지역에 사람들을 피신시키는 곳을 말한다.

그런데 사람들이 비게 되니 그곳에 도둑이 드는 등 여러 범죄가 일어나는 것이다.

경찰관의 말에 김호철이 고개를 갸웃거렸다.

"사람이 빈다고 해도 그곳에는 군인들과 경찰들이 지키고 있지 않습니까?"

김호철의 물음은 당연했다. 게이트가 열리는 곳이니 군인들이 경계를 하는 것이다. 게다가 경계 라인 외곽에는 경찰들이 지키고 있고 말이다.

"후! 그러니 이리 많이 잡혀 오는 것 아니겠습니까."

"아……."

경찰관의 말은 빈집에 들어간 도둑이 나올 때는 군인 손을 잡고 나온다는 의미였다.

김호철이 고개를 끄덕일 때 경찰관이 강력계 형사에게 범인과 그들을 인계했다.

"여기 앉으시겠습니까."

형사가 여자와 사내까지 자신의 옆에 앉히는 것에 김호철이 물었다.

"저기 이놈까지 여기 앉히시면 여자분이 무서워할 것 같은데."

김호철의 말에 형사가 힐끗 그를 보고는 말했다.

"양쪽 진술을 모두 들어야 합니다."

조금은 고압적인 형사의 태도에 김호철의 눈이 꿈틀거렸다. 마치 자신이 죄지은 것 같은 느낌이 드는 것이다.

그런 김호철에게서 여자에게 고개를 돌린 형사가 말했다.

"경찰서이니 옆에 있는 사람 무서워하실 필요 없습니다.

여기 안에 있는 경찰들은…… 성함이?"

형사의 말에 여자가 살짝 떨리는 목소리로 말했다.

"정수미요."

"정수미 씨 안전을 보장하니 무서워하지 않으셔도 됩니다."

"고맙습니다."

그런 형사를 김호철이 힐끗 바라보았다.

'여자한테만 친절한 건가?'

김호철이 그런 생각을 할 때 경찰관이 정수미에게 사건에 대해 묻고 조서를 작성했다.

그 이야기를 다 들은 경찰관이 김호철을 바라보았다.

"아파트 베란다 창문을 깨고 들어오셨다고요?"

"네."

"아파트가 12층이던데……."

"제가 소환하는 몬스터를 타고 가다가 현장을 목격했습니다."

"해운대 게이트로 가고 있다 하셨는데 왜 그곳으로 바로 가지 않으신 겁니까?"

"제 몬스터를 보고 군인들이 오인 사격을 할 것 같아 인근에 내리려고 한 겁니다."

"그렇군요."

형사가 묻는 말에 답하던 김호철이 힐끗 벽에 걸려 있는 시계를 보았다.

"게이트에 가 봐야 하는데…… 오래 걸리겠습니까?"

"아닙니다. 김호철 씨의 진술서는 이 정도면 됐습니다. 혹시 나중에 추가 진술을 해주셔야 할 수도 있으니 연락처를 주시겠습니까?"

형사의 말에 김호철이 명함을 그에게 주고는 정수미를 바라보았다.

"이런 놈은 아주 콩밥을 배 터지게 먹어야 정신을 차리니 정수미 씨 겁내지 말고 있었던 일 깔끔하게 말하세요."

"감사합니다."

"아니에요. 그럼……."

몸을 돌려 강력계를 나가던 김호철이 입맛을 다셨다.

'게이트가 열리는 곳에 데려다준다고 하더니…….'

"김호철 씨."

뒤를 돌아보니 자신을 이곳에 데리고 온 경찰관이 다가오고 있었다.

"가시죠. 게이트가 있는 곳에 데려다 드리겠습니다."

"저 데려다주려고 기다리신 건가요?"

"모셔다 드리겠다고 약속했잖습니까. 민중의 지팡이는 거짓말을 하지 않습니다."

선한 미소를 지은 경찰관이 앞장서서 걸어가자 김호철이
그 뒤를 따라갔다.

경찰차를 타고 해운대에 도착한 김호철은 군인들에게 능력
자 자격증을 보여주고 경계 지역 안으로 들어올 수 있었다.

경계 지역 안으로 들어온 김호철을 군인들이 데리고 간 곳
은 능력자들이 머물고 있는 천막이었다. 천막 안에는 간이
의자들이 늘어져 있었고 능력자들은 의자에 앉아 쉬고 있
었다.

그런 능력자들을 보던 김호철이 천막 밖으로 나왔다. 게이
트가 열리기 전에 준비할 것이 있었기 때문이었다.

김호철은 지나가는 군인들을 보다가 장교로 보이는 자에
게 다가갔다.

"저기요."

김호철이 다가오자 장교가 그를 보고는 물었다.

"능력자십니까?"

"네."

"무슨 일이십니까?"

"제가 몬스터를 소환해서 싸우는데 전에 군인들이 제 몬스
터한테 총격을 가해서요. 그래서 상부에 미리 보고를 해주시
면 좋겠습니다."

"그쪽 몬스터와 일반 몬스터를 구분할 수 있는 방법이 있습니까?"

"외적으로는 색이 다르기는 한데…… 이렇게 어두워서는 색으로 구분은 못할 것 같군요."

"흠…… 그럼 구분하기 어려운데……."

잠시 생각을 하던 장교가 지나가는 사병을 보다가 손뼉을 쳤다.

"야광 스프레이."

사병이 형관 조끼를 입고 있는 것을 보자 그것이 야광 스프레이가 떠오른 것이다. 장교가 김호철을 바라보았다.

"몬스터들한테 야광 스프레이 뿌리는 것은 어떻습니까? 밤이라 눈에 띌 것 같은데."

"괜찮을 것 같군요."

"이리 오십시오."

장교가 김호철을 데리고 해변가에 있는 막사 중 한곳으로 들어갔다.

"충성!"

병사의 경례를 받은 장교가 말했다.

"야광 스프레이 있나?"

"네!"

병사가 서류를 보고는 말했다.

"야광 스프레이 12개씩 두 박스 있습니다."

병사의 말에 장교가 말했다.

"어디에 쓴다고 가져온 거지?"

"야간 작전 지역 표시에 쓰기 위한 것으로 되어 있습니다."

"남는 것은 있어?"

"야간 작전 때는 늘 두 박스 챙겨 오기는 하는데 실제 작전 때는 잘 쓰지 않습니다."

"그럼 내가 좀 써도 되나?"

"안 쓰기는 해도…… 분량이 줄면 제가 책임을 져야 하는데……."

병사의 말에 김호철이 지갑에서 5만 원짜리 두 장을 꺼내 내밀었다.

"두 개 정도면 쓰면 됩니다. 혹시 문제 생기면 이걸로 다시 사 채우면 되지 않겠습니까?"

김호철의 말에 병사가 장교의 눈치를 보았다. 야광 스프레이 가격이 개당 1만 2천 원 정도이니 10만 원이면 7만 원 정도가 남는다.

담뱃값 정도는 되는 것이다.

그런 병사의 모습에 장교가 고개를 끄덕였다.

"몬스터를 막는 작전에 필요한 거니 돈은 됐습니다. 누가 뭐라고 하면 내가 가져갔다고 해."

병사에게 스프레이 두 개를 가져오라고 한 장교가 김호철에게 그것을 건네주었다.

스프레이를 받은 김호철이 병사를 바라보았다.

"혹시 낡은 더블백도 하나 챙겨줄 수 있습니까?"

김호철의 말에 병사가 한쪽에 있는 더블백을 하나 들고 와서는 열었다.

그 안에는 둥글게 말린 더블백이 하나 가득 들어 있었다.

"하나면 됩니까?"

"네."

병사가 더블백을 하나 꺼내 내밀었다.

"이건 그냥 줘도 되는 건가?"

장교의 말에 병사가 고개를 끄덕였다.

"문제 삼으면 문제가 되겠지만 더블백은 개수 파악도 되지 않은 품목입니다. 그리고 부대 내에 더블백은 썩어날 정도로 많습니다."

더블백을 받아 드는 김호철을 향해 장교가 말했다.

"어디서 났냐고 물으면 전역할 때 가지고 나온 거라고 하십시오. 그러면 아무 이상 없을 겁니다."

"고맙습니다."

장교가 천막을 나서자 몰래 병사에게 돈을 쥐어주었다.

"이건……."

"수고해요."

웃으며 천막 밖으로 나온 김호철이 스프레이를 흔들어 보다가 장교를 바라보았다.

장교는 호기심 어린 눈으로 김호철을 보고 있었다.

"도와주셔서 감사합니다."

"군이 민간인에게 오인 사격하는 것을 막는 것이니 도와드려야죠. 그런데 스프레이는 효과가 있겠습니까?"

"지금 뿌려 볼까요?"

"발광 효과가 있으면 상부에 야광 스프레이 뿌린 몬스터는 우리 쪽이라고 보고해야 하니까요."

말은 그렇게 하지만 장교의 얼굴에는 호기심이 가득 어려 있었다.

그런 장교의 모습에 고개를 끄덕인 김호철이 가고일을 소환했다.

파지직!

김호철의 손에서 뿜어진 뇌전이 가고일이 만들어졌다.

"이야……."

가고일이 나타나는 것에 장교가 감탄을 할 때 순간 군인들이 몰려왔다.

철컥! 철컥!

군인들이 총구를 들이밀며 소리쳤다.

"최민성 중위님! 물러나십시오!"

군인들의 외침에 최민성 중위가 아차 싶은 얼굴로 손을 들었다.

"상황 종료! 상황 종료! 아군 몬스터다! 아군 몬스터!"

최민성 중위의 외침에 몰려들었던 병사들이 하나둘씩 총구를 내렸다.

"아군 몬스터?"

"몬스터 소환을 하는 능력자가 있다는 뉴스는 들었는데 처음 보네."

병사들이 수군거리며 다가오는 것을 보던 최민성 중위가 가고일을 바라보았다.

"이거 가고일이죠. 이렇게 가까이에서 보는 건 처음입니다."

최민성 중위의 말에 김호철이 자신의 가고일을 바라보았다.

"이거…… 스프레이 괜히 가져왔나 보네요."

"무슨 문제라도 있습니까?"

최민성 중위의 말에 김호철이 가고일을 가르켰다.

"일반 몬스터들은 이런 스파크가 안 튑니다. 제 몬스터들만 이런 스파크가 튀니 지금은 사람들 눈에 잘 보이지 않겠습니까?"

김호철의 말대로 가고일의 몸에서 튀는 스파크에 주변이

밝아졌다 어두워졌다를 반복하고 있었다.

마치 나이트에서 조명을 쏘는 것처럼 말이다.

"아! 그렇네요. 그럼……."

야광 스프레이 다시 달라는 듯 손을 내미는 최민성을 보며 김호철이 고개를 저었다.

"몬스터는 몰라도 저는 쓸 일이 있으니 제가 가지고 있겠습니다."

데스 나이트와 합체를 하고 난 후 소환하는 몬스터는 뇌전을 띠지 않으니 나중에는 필요한 것이다.

그리고 합체한 자신의 몸에도 뿌려야 하고 말이다.

"그렇게 하십시오. 그럼 저는 상부에……."

"스파크가 튀거나 야광 스프레이가 뿌려진 몬스터는 아군이라고 보고해 주십시오."

"그렇게 하겠습니다."

최민성 중위가 핸드폰을 꺼내 상부에 보고를 하는 것을 보던 김호철이 가고일을 흡수했다.

파지직!

뇌전이 되어 김호철의 몸에 흡수되는 가고일을 신기하다는 듯 보는 최민성 중위가 전화기를 들고는 천막들이 있는 곳으로 걸어갔다.

그것을 보던 김호철이 야광 스프레이를 흔들며 능력자들

이 대기하고 있는 천막으로 걸음을 옮겼다.

천막 안에 들어갔던 김호철이 고개를 갸웃거렸다. 자신이 나가기 전만 해도 사람들이 차 있었는데 지금은 텅 비어 있었기 때문이다.

그에 김호철이 천막 밖으로 나왔다.

"저기 여기 있던 분들은 다 어디로?"

천막 밖에 서 있는 군인에게 묻자 그가 한쪽을 가리켰다.

"마나가 모이기 시작한다고 게이트가 있는 곳으로 가셨습니다."

군인의 말에 김호철은 능력자들이 왜 없는지 알았다. 게이트가 열리기 전 모여드는 마나를 흡수하기 위해 그곳으로 간 모양이었다.

'하긴 아까부터 마나가 조금씩 강해지기는 하던데.'

김호철도 마나가 강해지는 것을 느끼고 있었다. 다른 그 누구보다 더 말이다.

김호철이 마나가 강하게 느껴지는 곳으로 걸음을 옮기기 시작했다. 누가 어디라고 말을 해주지 않아도 김호철은 게이트가 열릴 장소를 찾아갈 수 있었다. 마나가 느껴지니 말이다.

게이트가 열릴 장소에는 이미 많은 능력자가 삼삼오오 모여 이야기를 나누거나 운기조식 등을 하고 있었다. 그리고 그 중심이라 할 수 있는 곳에는 SG들이 모여 있었다.

마나를 느끼고 있는 능력자들을 보던 김호철도 한쪽에 자리를 잡고는 앉았다.

'좋네.'

게이트가 처음은 아니지만 역시 게이트가 형성이 될 때 모이는 마나는 기분이 좋았다. 마치 따뜻한 물에 몸을 담그고 있는 것처럼 말이다.

기분 좋게 마나를 느끼며 김호철이 주위를 바라보았다. 게이트가 열리는 곳은 모래사장이라 바다가 훤하게 펼쳐져 있었다.

어두운 밤이라 멀리까지는 보이지 않았지만 그래도 주변을 밝히고 있는 조명에 나름 운치가 있었다.

'다음에 혜원이도 데리고 오면 좋겠다.'

게이트에서 싸우라는 것이 아니라 지금 이 기분 좋은 느낌을 혜원이가 느꼈으면 좋겠다 생각을 하는 것이다.

바닷가를 보며 기분 좋은 마나를 즐기고 있을 때 옆에 한 남자가 다가왔다.

"험! 험!"

헛기침을 하는 남자의 모습에 김호철이 그를 바라보았다. 김호철의 시선에 남자가 웃으며 말했다.

"실례인 줄 알지만 잠시 이야기 좀 할 수 있겠습니까?"

남자의 말에 김호철이 의아한 듯 그를 바라보았다.

"게이트 인근에서 타인에게 말을 거는 것은 안 된다고 하던데⋯⋯."

박천수가 게이트가 열리는 곳에서 주의할 점에 대해 한 이야기 중에 타인에게 말을 거는 것이었다.

게이트가 열리는 곳은 마나가 집중이 되어 있기에 숨만 쉬어도 마나가 쌓인다. 그리고 그런 마나 흡입에 민감한 무공을 익힌 무인들은 운기조식을 한다.

그런 사람에게 말을 잘못 걸면 방해가 되고 잘못하면 생사결을 하게 될 수도 있는 것이다.

"아! 눈을 뜨고 계셔서 운기조식은 안 한다 생각을 했는데 혹시 사색에 방해가 되셨다면 죄송합니다."

남자도 자신이 말을 거는 것이 실례인 것을 아는지 사과를 하자 김호철이 그를 보다 말했다.

"무슨 일이십니까?"

"보니 혼자 오신 것 같은데요."

"네, 혼자 왔습니다."

"그럼 저희와 한 팀 이루지 않으시겠습니까?"

"한 팀?"

김호철이 무슨 말인가 싶어 그를 보자 남자가 웃었다.

"혹시 팀이라는 것 모르십니까?"

"모르는데요."

"이거…… 능력자가 된 지 얼마 안 되신 모양이군요."

"그건 그렇습니다."

"게이트는 몇 번이나?"

"네 번 정도 겪었습니다."

"네 번이라……."

김호철의 말에 남자가 그를 가만히 바라보았다.

'게이트를 네 번 겪고 살아남았다면 실력은 있다고 봐야 겠지?'

김호철을 보던 남자가 말했다.

"팀이라는 건 게이트에서 잠깐 맺는 파티 같은 겁니다."

"파티?"

"게임에서 보면 파티 맺고 사냥하잖습니까. 그런 겁니다."

"저는 파티를 할 생각이……."

"그건 그쪽이 경험이 그리 없어서 그런 겁니다. 보통 게이트가 열리는 곳이 도시나 인가가 있는 마을입니다. 우리나라에 마을 없는 곳이 없으니 말입니다. 그러니 강하지 않아도 혼자 와도 인가에 숨어서 사냥을 할 수가 있습니다. 하지만 이런 곳은 숨기가 쉽지 않아요."

남자가 고개를 돌려 해변을 가리켰다.

"아마 몬스터들과 싸움은 이 해변에서 벌이지고 끝이 날 겁니다. 그러니 전처럼 숨어서 싸우고 마나석을 꺼내는 것은 안 됩니다."

"그래서 힘을 합치자는 겁니까?"

"그렇습니다. 지금 저까지 팀원이 넷입니다. 팀원이 늘어나면 배분이 늘기는 하지만 일단 가장 중요한 것은 목숨 아니겠습니까?"

남자의 말에 그를 가만히 보던 김호철이 고개를 저었다.

"저는 괜찮습니다."

"게이트 몬스터를 상대로 혼자 하겠다는 겁니까?"

"네."

"게이트가 열리면 사방에 몬스터가 몰려옵니다. 길드나 팀 차원이 아니면 순식간에 몬스터들에게 둘러싸이게 됩니다. 거기서 살아남을 자신이 있습니까?"

남자의 물음에 김호철이 고개를 끄덕였다.

"네."

자신이 한 긴 질문에 아주 간단하게 한 글자로 답을 하는 김호철을 보던 남자가 피식 웃고는 몸을 돌렸다.

하지만 김호철은 굳이 남자와 파티를 이룰 필요가 없었다. 김호철에게는 이미 파티를 맺고 있는 몬스터들이 있으니 말이다.

"미친놈 지가 블러드 나이트인 줄 아나?"

남자가 투덜거리며 가는 것을 보던 김호철이 고개를 갸웃거렸다.

'블러드 나이트? 그런 몬스터 이름은 들은 적이 없는데?'

그런 몬스터가 있나 생각을 하던 김호철이 핸드폰을 꺼냈다. 모르는 몬스터라면 어떠한 것인지 찾아보고 공부를 하는 것이 좋은 것이다.

그리고 강하다면 혹시 자신의 몸 안에 있는 몬스터인지 이미지화를 해볼 수도 있고 말이다.

'그리고 보니 내가 이미지화한 몬스터는 지하 훈련장에 저장된 몬스터뿐이네. 이번에 돌아가면 몬스터들 사진이나 좀 자세하게 봐야겠다.'

속으로 중얼거린 김호철이 핸드폰을 바라보았다.

"어디 보자……. 블러드 나이트……."

사이트에 접속을 한 김호철이 블러드 나이트를 검색했다.

'어? 이거…….'

핸드폰에 나온 사진을 본 김호철이 손가락을 좌우로 벌렸다. 사진이 확대가 되면 나온 것은 붉은 피와 살점들을 뒤집어쓰고 있는 데스 나이트였다. 그런데 그 모양이 눈에 익었다. 바로 김호철이 합체를 한…….

'블러드 나이트가 나였어?'

김호철이 사진을 보다가 그 밑에 달린 글을 읽었다.

〈소양강 댐에 나타난 초대박 능력자 블러드 나이트.〉

[소양강 게이트에 일명 블러드 나이트라는 별명을 가진 능력자가 나타났습니다.

일단 당시 그 자리에 있던 능력자들의 이야기를 들어보면 능력이 아주 황당무계할 정도로 대단합니다.

일단 몬스터 소환을 합니다. 제가 그 자리에 없어서(있었으면 참 좋았을 텐데.) 제 눈으로 보지는 못했지만 이야기를 종합해 보면 웨어 라이온, 웨어 울프, 나가 등 B급 몬스터 다수를 소환하는 것으로 알려졌습니다.

게다가 그 개체수가 20이 넘어간다고 하더군요. 이것만 봐도 어지간한 SG 팀보다 더 강한 전력이라 생각이 됩니다. 한마디로 일인군단이라 할 수 있습니다.

그리고 블러드 나이트라 불리게 된 이 모습.

보기에도 데스 나이트 갑옷으로 보입니다.

데스 나이트 갑옷을 입고 싸우는데 유럽 A급 기사 능력자와 대등한 모습이라 하더군요.

일인군단에 해당하는 몬스터 소환 능력에 A급 기사의 전투 능력까지…… 법사형과 전투형 능력이라. 대단합니다.]

'내가 이렇게 대단한 사람인가?'

확실히 자신의 능력이 약하다 생각을 하지 않았다. 몬스터들에게 포위당해 죽을 뻔한 SG들을 구해준 적도 있었고……

그것이 아니더라도 최소한 데스 나이트 두 기를 부리는 자신이 약하다? 말도 안 된다.

하지만 이렇게 자신에 대한 평가를 해놓은 글을 보니 조금은 신기했다. 그리고 자신이 정말 강한가 보다라는 생각도 들고 말이다.

자신에 대해 길게 써 놓은 글을 보던 김호철이 다른 것도 찾아보았다. 블러드 나이트에 대한 것을 검색하니 꽤 많은 글이 있었다.

'누가 이런 것을 다 쓰는 거지?'

그런 생각을 하며 글들의 출처를 보니 한 카페였다.

"히어로를 위하여?"

이 카페는 유명 능력자들의 팬카페 같은 것이었다. 국내 유명 능력자부터 해외 유명 능력자까지 사진과 능력에 대한 것이 올려 있었다.

"능력자 랭킹까지 있네?"

능력자들의 인기 순위부터 전투력 순위까지 있는 사이트를 보던 김호철의 눈에 블러드 나이트가 보였다.

〈블러드 나이트 랭킹(투표 중)〉

아직 랭킹이 표시되어 있지 않은 블러드 나이트를 보던 김
호철이 그것을 눌렀다.

〈블러드 나이트〉

[소양강 게이트에서 활약을 시작 했습니다. 아직 신상에 대한 것
은 알려지지 않았습니다.

몬스터의 피와 살을 뒤집어쓰고 살육을 하는 모습을 본 군인들이
블러드 나이트라는 별명을 붙였습니다.

위 사진을 보면 처음에는 검은 갑옷을 입고 있지만 싸움을 시작
하면 이처럼 새빨간 피와 살점을 뒤집어쓰고 있음을 알 수 있습
니다.

능력에 대한 것은 밑에 기재하였습니다.

1. B급 몬스터 이십 개체 이상 소환 가능.

2. A급 기사급의 전투력.

3. 데스 나이트 갑옷과 무기로 보이는 아이템 소유.

정확한 능력치를 위해 취재를 하고 있습니다. 블러드 나이트 능력
에 대한 제보해 주실 수 있는 분은 본 카페 운영진에게 메일을 보

내주시기 바랍니다.]

'피칠갑 때문에 블러드 나이트인가. 재밌는 곳이네.'

물론 정확한 데이터는 아니다. 데스 나이트 갑옷과 무기로 보이는 아이템을 소유한 것이 아니라 합체를 하는 것이니 말이다.

그것을 본다면 이 사이트는 능력자 가십거리를 다루는 곳으로 보였다. 하지만 김호철에게 도움도 되었다. 이 사이트에는 유명한 능력자들의 능력에 대한 것을 다루고 그 가십을 다루고 있었다. 그래서 어떤 능력이 있는지 호기심을 채울 수 있었다.

'그런데 이렇게 능력자들 능력을 까도 되는 건가?'

박천수가 능력에 대한 것은 대부분 비밀이라고 했는데 이 사이트는 그것에 대해 취재를 하고 소문을 모아서 올리고 있는 것이다.

'능력이 알려진 사람들이라 신경을 쓰지 않는 건가?'

그런 생각을 하며 랭킹 속 능력자들을 클릭해 가던 김호철의 눈에 핸드폰 위에 작게 표시된 시간이 보였다.

03:02

'벌써 시간이 이렇게 됐네.'

영화 속 히어로들의 초능력 같은 능력들을 읽다 보니 재밌어서 시간이 가는 줄도 몰랐던 것이다.

능력자들이 하나둘씩 몸을 일으키기 시작했다. 그리고 그런 능력자들을 향해 SG들이 소리를 쳤다.

"곧 게이트가 열립니다. 능력자분들은 거리를 두기 바랍니다."

SG들이 능력자들을 물리는 것을 보던 김호철도 뒤로 물러났다. 삼백 미터 정도 거리를 두고 물러나자 군인들이 게이트가 열릴 곳에 지뢰를 매설하기 시작했다.

도심에서는 주변 건물 피해를 생각해 하지 못할 일이지만 해변이라 지뢰를 매설하는 것이다. 그런데 특이한 것은 지뢰를 땅에 묻지 않고 그냥 땅에 내려놓고 있었다.

'하긴 몬스터들이 지뢰가 뭔지 알고 피하겠어. 그냥 밟고 달려올 텐데.'

그 모습을 보던 김호철의 눈에 특이한 것이 보였다. 군인들이 상자들을 쌓기 시작했다.

'폭탄은 아닌 것 같은데?'

쌓아 놓는 상자들이 모두 폭약이라면 이 일대가 모두 날아갈 것이다.

그런 생각을 하던 김호철이 손뼉을 쳤다.

"아!"

김호철이 갑자기 손뼉을 치는 것에 사람들이 그를 바라보았다. 그에 김호철이 작게 고개를 숙여 사과를 하고는 생각에 잠겼다.

'게이트 너머로 보내는 것이구나.'

게이트가 열리면 공간에 있던 것이 빨려가 사라진다 했다. 아마 저 상자들은 게이트 너머로 보내는 조사 장비거나…….

'보급품들인가?'

그런 생각이 들었다. 게이트 너머로 보낸 사람들이 살아있을지 죽었을지, 아니면 이 물품들을 받을 수 있을지 없을지 몰라도 그들에게 보내는 물품일지도 모르겠다는 생각이 말이다.

그런 생각을 잠시 하던 김호철이 문득 고개를 갸웃거렸다.

"물품을 보낼 수 있으면 핵을 보내도 되는 것 아닌가?"

지구에 나타나는 몬스터를 막기 위한 일이라면 게이트를 통해 핵폭탄을 보내면 될 일이다.

지구에 남아도는 것이 핵폭탄이다. 전 세계 핵폭탄을 모으면 지구를 오십 번도 더 터뜨릴 수 있다고 하지 않던가.

그런 남아도는 핵폭탄을 게이트로 넘겨 버리면 몬스터들이 못 넘어올 것이다.

게이트 너머에 뭐가 있는지 모르겠지만…….

'아…… 사람이 살고 있다 했었지.'

김호철이 고개를 끄덕였다.

다른 세상이라도 문명이 존재하는 곳에 핵을…….

그런 생각을 하던 김호철이 턱을 쓰다듬었다.

'혹시 게이트 너머와 연락망을 구축한 나라는 없으려나?'

생각을 해보니 물품을 보낼 수 있다면 게이트 너머와 연락도 될 것 같았다.

이런저런 생각을 하던 김호철의 눈에 짐 상자를 쌓은 군인들이 뒤로 물러나는 것이 보였다.

'이제 슬슬 열리려나 보네.'

시간을 때우기 위해 잡생각을 하던 김호철의 눈에 마나의흐름이 보이기 시작했다.

화아악! 화아악!

눈에 보이기 시작하는 반짝이는 마나의 물결을 보며 김호철이 목을 비틀었다.

우두둑!

뼈마디가 비틀리는 소리와 함께 김호철이 숨을 크게 들이마셨다.

숨을 크게 들이마신다고 마나가 더 많이 들어오지는 않는다. 김호철 자신과 같은 경우는 말이다.

다만 숨을 크게 들이마시는 것은…… 그냥이다.

뚜벅! 뚜벅!

김호철이 능력자들 틈에서 걸어 나왔다.

'그런데 왜 나는 마나가 많이 모이는 거지?'

김호철이 사람들 틈에서 나와 게이트가 있는 곳으로 향하는 것에 SG가 다가왔다.

"거기 그쪽 게이트가 열리면 움직이세요. 지금 가까이 가면 위험합니다."

"괜찮습니다."

SG를 지나친 김호철이 마나의 빛을 바라보았다.

'마나석을 많이 먹어서 그런가?'

그런 생각을 해보니 그럴 것 같았다. 마나석이라는 것이 마나를 가진 몬스터, 즉 몬스터 능력자라 할 수 있다.

그렇다면 그 마나석 비록 마나가 고갈이 된 것들이라 해도 그것을 수백 개 먹은 김호철의 몸에는 수백 명의 몬스터 능력자가 있다 볼 수 있다.

'그럼 나는 수백 명분의 마나를 한 번에 흡수하는 거군.'

그렇게 생각을 하니 몸에 차오르는 마나가 이해가 되었다.

"데스 나이트."

파지직! 파지직!

김호철의 중얼거림에 그의 몸에서 뿜어진 뇌전이 데스 나이트가 되었다. 데스 나이트 두 기를 시작으로 김호철의 주위에 몬스터들이 하나둘씩 나타나기 시작했다.

파지직! 파지직!

게이트에서 흘러나오는 마나를 기분 좋게 받아들이는 능력자 중에는 김호철에게 파티를 맺자고 했다 바람을 맞은 황규용이 있었다. 몸 안에 차오르는 마나를 느끼며 황규용은 주먹을 움켜쥐었다.

"이래서 게이트를 못 끊는다니까."

작게 중얼거린 황규용이 자신과 팀을 맺기로 한 능력자들을 바라보았다.

"게이트가 열리면 우리는 일단 뒤로 빠집니다."

"뒤로? 몬스터와 안 싸웁니까?"

"돈도 중요하지만 안전이 제일입니다. 뒤에 빠져 있다가 부상을 입은 몬스터를 사냥합니다."

"조금…… 비겁한 것 같은데."

"생존이 가장……."

말을 하던 황규용은 술렁이는 소리에 앞을 바라보았다.

'저건 아까 그놈이네.'

게이트가 있는 곳으로 걸음을 옮기는 사내는 자신을 바람 맞혔던 미친놈이었다.

그런데 그놈이 미쳤는지 게이트를 향해 걸어가고 있었다.

게이트가 나타났을 때 가장 위험한 순간이 몬스터가 쏟아져 나올 때다. 그런데 그런 게이트를 향해 혼자 뚜벅뚜벅 걸어가고 있는 것이다.

"미친……."

중얼거리던 황규용의 얼굴이 굳어졌다. 게이트를 향해 걸어가는 사내의 몸에서 전기가 솟구치더니 그 뒤로 갑옷을 입은 기사를 만들어내는 것이다.

"데…… 데스 나이트?"

그것도 하나가 아니었다. 두 기의 데스 나이트가 사내의 뒤를 따르는 것이다.

파지직! 파지직!

그리고 뇌전은 멈추지 않았다. 사내의 몸에서 뇌전이 솟구칠 때마다 몬스터들이 늘어나기 시작했다.

웨어 라이온, 웨어 울프, 킹스콜피온…….

B급 몬스터와 데스 나이트를 뒤에 거느린 사내가 손을 들었다.

그러자 사내의 뒤를 따르던 데스 나이트 하나가 그의 몸에 빨려 들어갔다.

철컥! 철컥!

그리고 빠르게 형성이 되는 사내의 갑옷…….

순식간에 칠흑처럼 어두운 갑옷을 입은 사내의 모습에 능력자들의 입에서 작은 중얼거림이 흘러나왔다.

"블러드…… 나이트다."

"블러드 나이트……."

능력자들의 중얼거림에 황규용이 침을 삼켰다.

'저 새끼가…… 블러드 나이트?'

사람들의 시선이 자신을 향하는 것을 느끼며 김호철은 고개를 끄덕였다. 김호철이 허세가 있어서 사람들이 있는 곳에서 몬스터를 꺼낸 것이 아니었다.

단 한 가지 이유…….

지금 너희가 보는 몬스터는 이 김호철의 것이니 공격하지 말라는 의미였다.

그래서 사람들의 시선을 모았다.

'이 정도면…… 내 새끼들을 공격하는 놈들은 없겠지.'

그런 생각을 하던 김호철이 앞을 바라보았다.

화아악! 화아악!

빛이 빠르게 모여드는 것과 함께 김호철은 몸이 터질 것 같은 마나를 느꼈다.

그리고…….

번쩍!

빛이 터져 나오는 것과 함께 몬스터들이 쏟아져 나오기 시작했다.

"해머."

화아악!

해머를 손에 움켜쥔 김호철이 그것을 어깨에 올렸다.

착!

"가자!"

김호철의 외침에 어느새 창을 거창을 한 다니엘이 뛰쳐나갔다.

"으아앙!"

"크아앙!"

그런 다니엘의 뒤를 웨어 라이온과 웨어 울프들이 빠르게 따랐다.

"그럼 나도 가 볼까."

작게 중얼거린 김호철이 숨을 크게 들이쉬고는 땅을 박찼다.

파앗!

to be continued

건축의 신

누구도 내딛어 보지 못한
그 한 걸음을 내딛는 자!

평범한 가구 회사에 다니던 성훈
그러던 어느 날,
사고로 인해 20년 전으로 돌아왔다!

다시 시작하는 삶.
절대로 헛되이 보내지 않겠다!

세계 최고의 건축가가 되기 위한
성훈의 활약이 펼쳐진다!

KILL THE DRAGON

킬 더 드래곤

백수귀족 현대 판타지 장편 소설

인간 VS 드래곤

지구를 침략한 드래곤!
3년에 걸친 싸움은 인간의 승리로 돌아갔지만
15년 후,
드래곤의 재침공이 시작되었다!

드래곤을 죽일 수 있는 건 오직 사이커뿐!

인류의 존망을 건 최후의 전쟁.
그 서막이 오른다!

우지호 장편소설

빅 라이프

돈도 없고 인기도 없는 무명작가 하재건,
필사적으로 글을 써도
절망뿐인 인생에 빛은 보이지 않는데……

어느 날,
그가 베푼 작은 선의가
누구도 믿지 못할 기적이 되어 찾아왔다!

'글을 쓰겠다고 처음 결심했던 때를
잊지 말게.'

무명작가의 인생 대반전!
지금 시작됩니다.

온후 현대 판타지 장편 소설

던전사냥꾼

Dungeon Hunter

나는 실패했고, 다시 도전한다.
더 이상 실패란 없다!

마왕이 되고자 했으나 실패한 랜달프
생의 마지막 순간
과거로 돌아오다!

다시 한 번 주어진 기회
이제 다시는 잃지 않겠다!

지구에 나타난 72개의 던전과 그곳의 주인들.
그리고 각성자들.
나는 그들 모두를 잡아먹는 사냥꾼이다.